álbum duplo

← stereo →

álbum duplo
UM ROCK ROMANCE
PAULO HENRIQUE FERREIRA

1ª EDIÇÃO

EDITORA RECORD
RIO DE JANEIRO • SÃO PAULO
2013

CIP-BRASIL. CATALOGAÇÃO NA PUBLICAÇÃO
SINDICATO NACIONAL DOS EDITORES DE LIVROS, RJ

F442a

Ferreira, Paulo Henrique de Oliveira
  Álbum duplo / Paulo Henrique de Oliveira Ferreira. - 1. ed. -
Rio de Janeiro : Record, 2013.

  ISBN 978-85-01-40515-9

  1. Rock - Ficção. 2. Romance brasileiro. I. Título.

13-05204   CDD: 869.93
                                            CDU: 821.134.3(81)-3

Copyright © by Paulo Henrique de Oliveira Ferreira, 2013

Capa: Retina 78

Texto revisado segundo o novo Acordo Ortográfico da Língua Portuguesa.

Direitos exclusivos desta edição reservados pela
EDITORA RECORD LTDA.
Rua Argentina, 171 - 20921-380 - Rio de Janeiro, RJ - Tel.: 2585-2000

Impresso no Brasil

ISBN 978-85-01-40515-9

Seja um leitor preferencial Record.
Cadastre-se e receba informações sobre
nossos lançamentos e nossas promoções.

EDITORA AFILIADA

Atendimento e venda direta ao leitor:
mdireto@record.com.br ou (21) 2585-2002.

ADVERTÊNCIA

Esta é a história de um relacionamento entre jovens adultos, que certamente será mais bem compreendida por pessoas maiores de 21 anos. Caso os leitores não gostem da história, que pelo menos ouçam a trilha sonora sugerida. Para finalizar, vale ressaltar o óbvio: esta é uma obra de ficção. Qualquer semelhança com a realidade é mera coincidência. – P.H.O.F, Rio de Janeiro, 2013 album

duplo

TRILHA SONORA SUGERIDA

01. "Under Pressure", Queen & David Bowie
02. "Mississippi", Bob Dylan
03. "A Day in Life", Beatles
04. "Don't Stop Me Now", Queen
05. "Changes", David Bowie
06. "Dead Flowers", Rolling Stones
07. "Rebel in Me", Jimmy Cliff
08. "Rocks Off", Rolling Stones
09. "Like a Rolling Stone", Bob Dylan
10. "Like a Possum", Lou Reed
11. "Helter Skelter", Beatles
12. "Bullet with Butterfly Wings", Smashing Pumpkins
13. "Roadhouse Blues", Doors
14. "Little Green Bag", George Baker Selection
15. "No No Song", Ringo Starr
16. "Visions of Johanna", Bob Dylan
17. "Walk on the Wild Side", Lou Reed
18. "Star", Erasure
19. "Satellite of Love", Lou Reed
20. "Mama Told Me (Not to Come)", Three Dog Night
21. "Dirty Boulevard", Lou Reed
22. "L.A. Woman", Doors
23. "D'yer Mak'er", Led Zeppelin
24. "Susie Q", Dale Hawkins por
    Creedence Clearwater Revival
25. "Oh! Darling", Beatles
26. "Riders on the Storm", Doors

SOB PRESSÃO

—

—
"Insanity laughs
Under pressure we're
Can't we give ourselv

"UNDER PRESSURE" | QUEEN | HOT SPA
COMPOSITORES: QUEEN / DAVID BOWIE

racking
one more chance?"

982)

MÚSICAS PARA O CAPÍTULO

01. "Under Pressure", Queen & David Bowie
02. "Mississippi", Bob Dylan
03. "A Day in Life", Beatles
04. "Don't Stop Me Now", Queen
05. "Changes", David Bowie

Eu sei que neste romance o onipresente é você, leitor. Quanto a mim, sei que meu nome é Marlo Riogrande e estou completamente perdido, em um beco sem saída. Não quero entrar em mais detalhes da minha vida agora, pois este livro não é uma porcaria de autobiografia. Não mesmo. É mais um desabafo de quem está sob uma pressão desconcertante e não suporta mais a sensação de não ter para onde ir. Não é aquela sensação de estar no seu apartamento abafado num domingo à tarde, com calor, sem ter o que fazer, lamentando o tédio. Não mesmo.

Por isso peço a você paciência. Sei que em alguns momentos você vai se identificar comigo, em outros corro o risco de você me abandonar e sair correndo, mas mesmo assim vou ser franco. Você está lidando com alguém que tem uma única certeza: a de não ter escapatória. Não ter escapatória da própria vida, da cidade grande ou do interior, da necessidade de ganhar e guardar dinheiro, de ter que acordar e dormir, se alimentar ou ir ao banheiro, de envelhecer e, com um pouco de sorte, morrer triste, sem muita dor. Enfim, a certeza de que há como escapar de nós mesmos, dos limites da espécie humana, do tempo presente ou da eternidade. Concordo com Bob Dylan quando canta "nós estamos encaixotados, não há por onde escapar".

Essa certeza é ainda maior porque nunca fui um suicida, já vamos tirar essa possibilidade da frente antes de continuarmos, ok? Não estamos tratando aqui do relato de um adolescente gótico de dezesseis anos, pseudodepressivo, que gostaria de colocar um fim em tudo, de uma vez por todas. Não adianta sugerir que eu me mate, pois esta não é a minha linha, nunca foi. Estamos tratando de alguém que está sob pressão, que, na verdade, nunca teve muitas escolhas na vida e, quando teve, botou tudo a perder. Estou muito mais para o estilo medíocre-perdedor do que para o tipo suicida-sem-futuro.

Sem querer entrar num esquema autobiográfico meloso, vou começar com alguns dados para você entender meu perfil: sou de família operária, trabalhadora. Cresci no interior do país, em uma cidade pequena, onde as pessoas se tornam mais feias e cruéis, justamente por ser impossível se manter anônimo. Minha mãe morreu tragicamente na época em que eu tinha todos os elementos necessários para me tornar aquele adolescente gótico mencionado. Ali entendi, de verdade, o que significa "A Day in Life", dos Beatles, mesmo antes de me apaixonar pelo *Sgt. Pepper's Lonely Hearts Club Band*.

Sei muito bem o que é acordar, na correria comum, comer um sonolento misto-quente com leite e Toddy, ter uma manhã tediosa com os amigos da escola, fingir prestar atenção na aula de química até o momento que a diretora da escola chega à sua sala — com cara de choro — para avisar que sua mãe está morta. Mal súbito, morte fulminante, derrame, AVC, algo por aí. Coisas sobre as quais faço questão de não entrar em detalhes, mesmo porque não faz mais sentido. Basta lembrar da orquestra de músicos desafinados ao final de "A Day in Life". Assim, de repente, do nada, "nonada".

Veja bem, diante de um imponderável pouco sutil como este, tive que cair fora logo. Saí para fazer uma faculdade vagabunda, a primeira que me aceitou, para afastar o risco de ficar enfurnado na minha cidadezinha de menos de 20 mil habitantes — e provavelmente virar um operário na única fábrica local, com forte propensão ao alcoolismo, como alguns conhecidos que ficaram por lá.

Falando assim, até parece que eu sou um completo derrotado. Mas não sou tão derrotado assim. Apesar da ordinária graduação em história que escolhi, até que tive bons momentos. Na faculdade, consegui sobreviver com relativo êxito numa cidade maior, com ajuda suada do meu pai, alguns bicos e uma bolsa de estudo a partir do segundo ano — quando consegui uma vaga de monitor do professor de história antiga, um cara totalmente efeminado, que (juro) nunca tentou nada comigo.

Também comecei a dar aula particular cedo, para uns filhinhos de papai que tinham tudo na mão, mas não conseguiam deixar de ser ignorantes. Dava dó (e raiva) ver aqueles moleques do quinto ano, nas suas casas com piscinas e governantas, que não tinham um pingo de educação e eram burros como uma porta.

Esses inúteis poderiam ser o que quisessem: escritores, músicos, advogados, diplomatas, artistas, arquitetos, médicos... Mas não. Optavam por ser vermes incapazes de interpretar um simples texto escolar ou se interessar por qualquer coisa além de encher sistematicamente o saco dos colegas, pais, professores e empregados. Paciência. Apesar de tudo, eu conseguia esconder a minha verdadeira opinião e até que conduzia bem a relação com os alunos e seus progenitores (muitas vezes versões expandidas da mesma imbecilidade). E a grana, afinal de contas, compensava muito.

Valia a pena mesmo, principalmente porque em uma dessas casas eu conheci um promotor de justiça cujo filho era um coitado de quinze anos, ainda no sétimo ano e que não sabia diferenciar um Napoleão de um Kennedy. Mas o pai tinha muitos contatos e, como gostou do progresso que proporcionei ao moleque (dentro do possível, é claro), me indicou como professor de história para um cursinho preparatório para concursos públicos. Para mim, foi um grande salto. Além de deixar para trás as maçantes aulas particulares para alunos problemáticos, consegui um salário fixo decente — que na época, para mim, era uma fortuna — trabalhando apenas à noite.

Aí a coisa começou a melhorar e virei uma espécie de minicelebridade em minha turma. De um estudante que veio da roça para tentar a sorte na metrópole, numa carreira incerta, virei o cara que tinha emprego fixo, dando aula para advogados (a maioria), economistas, técnicos e outras pessoas formadas em diferentes carreiras. Gente que acalentava o sonho de conseguir um cargo de analista ou técnico no governo — onde se trabalha pouco e se ganha muito.

Os professores na faculdade me apontavam como um futuro bacharel em história bem-sucedido, que já traçava um caminho próspero, longe das salas de aula das escolas estaduais e dos deprimentes estágios em organismos públicos, que ninguém merece. Meu destino parecia bem encaminhado até a formatura, que correu sem maiores sustos.

Com o diploma em mãos, pude então assumir no cursinho as turmas matutinas e as de sábado, já que minha colação de grau calhou com a saída de outro professor da mesma disciplina. Ou seja, estava tudo, tudo dando muito certo mesmo. Eu até já estava ensaiando um projeto de mestrado. Começava a me ver como um catedrático, um *scholar* sofisticado, figura fácil de simpósios internacionais, indo bem mais longe do que eu planejei originalmente, quando prestei vestibular no desespero, sem saber o que eu *realmente* queria da vida.

Mas aí eu conheci a Marcela e agora estamos juntos aqui, emperrados neste livro. A Marcela era uma moça muito bonita por quem eu me apaixonei um tempo depois da minha formatura. Ela virou minha cabeça, que até então era ajuizada e só se permitia desaventuras obscuras na cidade grande, onde é impossível ser um santo.

Afora estas desaventuras, sobre as quais vou contar no tempo certo, na faculdade não havia experimentado nada de amor, paixões e estas coisas sensíveis. Passei anos livres, sem gostar de ninguém. Até conhecer Marcela nessa festa na república de um amigo em comum. O que mais me atraía nela — além de rosto, lábios, olhos, cabelos, seios, braços, pernas, corpo, beleza e porte — era o fato de ela não ser nem professora nem aspirante a cargos públicos nem historiadora. Convenhamos, em meu universo, era um baita diferencial.

Ela trabalhava como administradora numa empresa de aviação, e, apesar de não parecer à primeira vista, o trabalho dela era muito estimulante! Passávamos a noite toda discutindo sobre o permanente caos aéreo em nossos aeroportos, sobre a qualidade dos amendoins servidos e outras turbulências envolventes. Eu estava totalmente entregue àquela mulher magnífica, maravilhado por ela ter escolhido passar a noite comigo. Estava vivo, realmente vivo, um homem supersônico, um foguete em direção a Marte (ainda sem saber que estava em rota de colisão), igualzinho àquela música "Don't Stop Me Now", do Queen, que tocava exatamente naquele momento. Imagina como curti aquela noite.

Foi nesse embalo que começou uma nova fase da minha vida. Naqueles tempos, se eu pudesse, colocaria minhas responsabilidades à parte, mandaria tudo às favas, só para ficar ao lado dela. Cada vez mais apaixonados, vivíamos uma fase deliciosa, de jovens adultos, na grande cidade, sem ninguém para torrar a paciência. Donos de nossos próprios narizes, o que era maravilhoso. Eu finalmente podia passar mais tempo fora do apartamento e longe daquele porco chamado Frederico, com quem eu ainda dividia o teto, as contas, toda a comida, bebida e, clichê dos clichês, as cervejas que eu comprava.

Não, agora eu estava em outra: passava dias sem pisar no meu chiqueiro, inebriado pelos perfumes, pela organização e pelas delícias do apartamento de Marcela. Era, ao mesmo tempo, namorado, amigo e, finalmente, adulto. Estava pronto para o que desse e viesse.

Ou melhor, *achava* que estava pronto. E é aí que eu estava enganado e onde a coisa começa a ficar dolorosa. Mas tenho que ser homem o suficiente para confessar aqui estas coisas, diante de você. O fato é que, sim, eu sou um grandessíssimo filho da puta. Eu sou um daqueles retardados que tinham aulas particulares comigo: tinha tudo na mão, mas joguei no lixo. Um bom emprego, uma perspectiva de vida até então inédita e, acima de tudo, uma mulher linda, segura e inteligente. Muito melhor do que eu em todos os aspectos. Mas, é claro, eu tinha que botar tudo a perder. Eu, na condição de um completo imbecil, fiz aquilo que previsivelmente os idiotas fazem. Acreditei na minha condição ilusória de *übermensch*, na leitura mais pueril de Nietzsche e seus discípulos acéfalos de diretório acadêmico. Me perdi na minha própria superficialidade de merda.

Comecei me distanciando de Marcela, apesar de tudo que eu sentia por ela, apenas pelo temor besta de ser abandonado. Não sei se você já sentiu isso, mas para mim estava claro que a qualquer momento ela iria acordar e se perguntar onde estava com a cabeça, perdendo tempo com um professorzinho de história, longe de ser um Alain Delon, com um salário miserável. Para mim, era *óbvio* que ela estava mais à altura, sei lá, de um médico da alta sociedade ou um investidor da Bolsa de Valores, com ambições, conta bancária e beleza física que, a meu ver, ela merecia. O problema é que eu comecei a acreditar nisso. Mas em vez de tentar entender o que se passava, tomei, naturalmente, as atitudes que me levaram para o lado errado do problema.

Como consequência desse distanciamento inicial, procurei justificativas para "administrar" a minha situação emocional. Ora, se conseguisse achar "meu espaço", não ficaria à mercê da Marcela e meus sentimentos por ela. Mas em vez de me dedicar a algum serviço voluntário, uma terapia profunda ou mesmo um futebol com amigos, comecei, gradativamente, a investir fundo em consumo de pornografia e maliciosas conversas com mulheres na internet. De certa forma, achava que tinha encontrado um espaço asséptico e cibernético para "administrar" minha autoestima.

Pois é, veja que ridículo. Em vez de ser homem de verdade e cuidar da minha namorada, me vi envolvido na mais rasteira tendência de nossa geração digital, a baixa fidelidade. Explico: existe hoje, entre essa geração acostumada com redes sociais, pornografia web e comunicadores instantâneos, uma tendência de mudar ligeiramente de personalidade quando se está conectado. Ligeiramente é eufemismo.

Cá entre nós, a web é um puteiro onde as pessoas mudam radicalmente. De tímidos e quietos na vida real, se tornam corajosos e ousados no mundo virtual. Pessoas que você conhece de outros tempos e ambientes, bem-comportadas e acima de qualquer suspeita, quando estão do outro lado da tela, sem face a face, topam conversar sobre todos os tipos de desejos e perversões sexuais, sem nenhuma ressalva.

O problema é que você se vicia nesse tipo de prática. Como se fossem uma extensão das porcariadas a que você tem acesso em sites e blogs especializados em sexo, essas conversas se tornam atividades igualmente pornográficas e virtuais. Isso faz com que você se acostume com esse grau de "baixa fidelidade". Ou seja, já que você não está fazendo nada de errado no mundo real, apenas tendo uma conversinha virtual, você não está cometendo nenhum tipo de infidelidade concreta. Mas, por outro lado, você sabe muito bem que não é totalmente fiel. Afinal, você não é inocente e sabe que tudo isso é errado. Daí esse conceito de baixa fidelidade, que tanta gente costuma praticar agora que este mundo ainda é baseado na vida real, mas com grande imersão no virtual.

Obviamente, leitor, isso de baixa fidelidade é conversa para boi dormir. Balela. Não existe zona cinza entre o preto e o branco da lealdade. Você é leal ou não é. Pior ainda quando você já está envenenado com as possibilidades quase ilimitadas de trocar mensagens instantâneas tórridas com aquela safadinha que você conheceu numa biblioteca ou num *happy hour* — de outra forma você nunca teria como descobrir que ela gosta de ser amarrada na cama.

Com o exercício mais constante desse tipo de prática, você começa a testar suas chances com sua lista de contatos, com insinuações e sugestões engraçadinhas, vai descobrindo parcerias para esse tipo de prática *virtual* e isso tudo fica *realmente* arriscado. Você coloca em risco sua vida pessoal, seu relacionamento amoroso e, principalmente, seu espírito, cada vez mais degradado e tacanho, a cada mensagem picante trocada.

E como uma coisa leva a outra, banquei este risco ao máximo. Certa tarde vagabunda, entre as aulas matutinas e noturnas, levei meu carro 1.0 para a revisão. Na sala de espera de uma daquelas oficinas autorizadas, me deparei com uma conhecida, a Celina, mãe de um dos meus ex-alunos de aula particular. Havia frequentado sua casa durante dois meses, num período em que seu filho precisava de reforço para se safar dos exames finais. Esta tal de Celina era uma mulher de seus quarenta anos, bem interessante, esposa de um clínico geral, o Dr. Luciano.

Quando ela me viu, sorriu, acenou para que eu sentasse ao seu lado e foi realmente simpática comigo, ao contrário da distância que mantinha na época das aulas particulares. Conversamos rapidamente sobre o filho dela e a possibilidade de uma nova rodada de aulas de reforço — o que eu gentilmente declinei. Também falamos sobre o competente serviço e a limpeza daquela oficina, além de outras amenidades.

Foi papo rápido, menos de quinze minutos, pois a SUV dela já estava pronta. Mas foi o suficiente para me passar, não sei se com segundas intenções, os seus contatos. Pronto. Dois dias depois já estava completamente entretido em conversas picantes com ela, onde falávamos sobre as possibilidades de nos tornarmos amantes durante as tardes quentes em que ela ficava sozinha em casa.

Não deu outra. Depois de algumas semanas de conversa, eu estava cada vez mais distante de Marcela e cada vez mais atraído pela possibilidade de ter um caso real, com uma coroa enxuta, experiente, safada, em busca de um jovem para diverti-la. "Eis a chance que sempre sonhei", foi minha patética justificativa mental.

No começo, vá lá, essa relação até foi positiva. Fez bem para minha autoestima, historicamente combalida, ter uma coroa inteiraça totalmente na minha. Sério, até rolou uma paixonite, pois ela também se sentiu mais jovem, mais viva, por ter um namoradinho. Nesse começo, ela até fazia o tipo cocotinha, meiga e inocente, com trocas de mensagens dengosas por celular e doces telefonemas no horário do expediente.

Do meu lado, nas duas primeiras semanas, eu até melhorei com a Marcela, me sentindo mais atraente e — uma lástima, eu sei — poderoso. Quando dei por mim, já tinha um caso real com aquela mulher, realmente ousada e experiente, que curtia ficar de quatro para mim, numa frequência de uma a duas tardes por semana — seja na casa dela, seja em algum hotel barato, sempre gerenciando riscos de sermos flagrados pelo marido, filhos ou empregados.

Mas enquanto o risco dos flagras podia ser gerenciado, outros perigos, não. Primeiro, o perigo da minha culpa. Cada vez mais, procurava me distanciar de Marcela. Passados os primeiros instantes de novidade, o caso com a Celina começou a me corroer por dentro e logo eu já não era o mesmo namorado dedicado de antes. Tinha voltado a ficar mais em meu apartamento com o Frederico e, sem dúvida, ela já tinha percebido isso. Estava cada vez mais desconfiada e com ciúmes, o que nos levava a frequentes brigas e, invariavelmente, a reconciliações superficiais e sofridas, sem resolver nada de verdade. Estávamos nos tornando um casal falido, como nunca imagináramos que nos tornaríamos.

O segundo perigo, eu confesso que nunca poderia imaginar que se concretizasse. Daquela situação aparentemente controlada começou a surgir um sentimento confuso entre mim e a coroa. Aquela paixonite engraçadinha se deteriorou em uma velocidade impressionante. Dos charmosos cafés de algumas tardes, seguidos pelas excitantes escapadas, a relação descambou para algo estritamente sexual e, na verdade, muito repugnante.

Eu não enxergava mais a ex-cocotinha meiga, e sim uma mulher desmotivada, com uma postura retardada, falsa nos gestos, nas ideias e na maquiagem. Acho que ela também deixou de enxergar o namoradinho e passou a ver um moleque maldoso e desequilibrado, e começou a me envolver em suas neuroses e teorias amalucadas — o que, na minha constante busca por ser bom moço, era um soco no estômago.

No fim, nutríamos um crescente e mútuo sentimento de desprezo pelo caso que estávamos tendo e, ao mesmo tempo, um perverso hábito de encontros cada vez mais intensos e, diria, até violentos. Havia ali uma má vontade excitante em cada gesto dela, a cada pedido meu para as coisas que antes fazia com gosto. Ao mesmo tempo, ela tinha uma demanda permanente por uma eficiência mecânica em cada gozo, mesmo sem clima de respeito nem de diversão. Tudo muito, muito estranho. Estava patente a aura de maldade, demoníaca, em cada trepada. Ela me desprezava e vice-versa, mas dizia que queria cada vez mais, que aquela era a única atividade que valia a pena em suas semanas, uma lenga-lenga totalmente destrutiva, surtada mesmo.

Quando confessou que ela e o marido se traíam abertamente, que seu relacionamento já tinha ido para o saco mesmo, gelei. Não sabia o que fazer. De repente, já me antevi como protagonista do filme *Crimes e pecados*, do Woody Allen, sendo perseguido por uma Angelica Houston muito mais atraente, mas tão perigosa quanto. Queria era me ver livre o quanto antes daquela situação, pois estava claro que não tinha futuro algum, e, ao mesmo tempo, suas consequências eram imprevisíveis. No limite, a doida seria capaz até de abandonar marido e filhos para destruir a própria vida e a vida de alguém que nem mesmo tinha onde cair morto. Pois é, eu também comecei a surtar.

Então, antes que o pior acontecesse, fui radical. Entendi onde tinha me metido, como minha vida tinha saído totalmente do controle por minha causa. Sabia que estava fazendo tudo errado, que era um adúltero e que teria, mais cedo ou mais tarde, uma conta pesada para acertar. Antes que esta conta ficasse mais cara, terminei tudo com a Celina. Apesar de protestos, calculei que ela não teria coragem, na prática, de jogar para o alto sua própria vida, estabelecida e aparentemente estruturada. Coloquei um ponto final naquele caso.

Considerando esta parte resolvida, agora restava me acertar com Marcela. Eu tinha duas opções: fingir que nada aconteceu, ignorar a culpa que não me deixava respirar e encontrar forças para voltar a ser um bom namorado, ou colocar tudo em pratos limpos e confessar todos os pecados. Enquanto os dias passavam pesados e eu tentava decidir o que fazer, a hecatombe aconteceu. Na verdade, eu tinha calculado mal a reação da Celina. Ela não entregou o jogo tão fácil. Através de uma dessas malditas redes sociais, onde todo mundo se conecta com todo mundo, ela descobriu o perfil da Marcela, entrou em contato e, o horror, mandou um e-mail contando tudo. A vaca sabia que não havia mais nada e, como os fatos demonstraram, não me deixou sair ileso da situação.

Uma vez que você me acompanhou até aqui, leitor, chegou agora na experiência mais próxima que já tive do conceito de "Apocalipse". Aquela noite foi terrível, sofro muito por contar isto. Eu sabia que estava tudo acabado, por minha única e exclusiva culpa. Presenciei ali uma Marcela ferida de morte, totalmente transtornada, sem direção. Eu arranquei de sua alma, de repente, da forma mais grosseira possível, tudo o que ela sentia de verdade, que lhe era valioso, toda a confiança e esperança em um futuro bom, uma vida digna, ao lado do homem que ela tanto amava.

Ali eu soube, com toda clareza, o que é ser um TRAIDOR, com todas as letras em caixa-alta, ao trazer trevas para onde antes havia luz. Olha, para evitar ainda maior sofrimento, não vou recriar o verdadeiro cenário de choro e ranger de dentes que se passou, você pode imaginar por si mesmo. Vou direto ao ponto: Marcela me expulsou de seu apartamento e da vida dela. Terminou comigo, com toda razão e toda a firmeza de uma pessoa justa que sofreu a injustiça mais amarga.

Ela deixou bem claro aquilo que eu fui perceber no meio deste pesadelo: aquela mulher realmente me amava. Por mais que eu não merecesse, ela tinha planos maravilhosos, era uma guerreira, queria construir uma vida ao meu lado, casar, ter filhos e netos comigo. Não existe sensação de perda mais legítima do que trair a pessoa que você ama e, depois disso, você ter *certeza* de que ela amava você.

Mas aí já era muito tarde. Só depois que o amor se despedaçou por inteiro eu pude entender toda a dimensão, profundidade e escuridão da fossa na qual me meti. Estava realmente condenado, sem volta, cercado de demônios insuportáveis e — o pior dos castigos — vivenciando um requinte de crueldade bíblico: uma vez no inferno, você tem a capacidade de ver o que acontece no céu e perceber que não pertence ao paraíso. Você se tornou um anjo caído. Um pobre-diabo condenado a não ter, nunca mais, a bênção que outrora teve.

Pois é. Você tem alguma noção do que estou vivendo? Não quero soar exagerado, mas agora temos uma vaga ideia da desolação que Lúcifer sentiu após ser lançado dos céus e cair nas profundezas dos infernos. No meu caso foi até pior, pois voltei definitivamente para o apartamento com Frederico, que foi para a cozinha fritar um pão com ovo, naquela pegada de quem acabou de acordar e não está preocupado com os dois anos de atraso acumulados na faculdade.

Daqui para a frente, sinceramente, não sei o que fazer, a não ser deixar o tempo passar, doloroso. Esforço-me, dia após dia, para manter o interesse no meu emprego, nas aulas que se arrastam com um permanente nó na garganta. Ter sua atenção nesta maldita trilha é um alento, embora eu tenha a fúnebre sensação de que este é o próximo passo para uma derrota completa e merecida. Mesmo assim, agradeço você por me acompanhar, pois ainda tento me agarrar a qualquer vã esperança de redenção ou — para não pedir muito — passar por alguma mudança que me torne um homem diferente. Como cantou David Bowie, "o tempo pode me mudar, mas eu não posso enganar o tempo".

FLORES MORTAS

—

—

"Send me dead flower l
Send me dead flowers t
And I won't forget to p

"DEAD FLOWERS" | ROLLING STONES |
COMPOSITORES: KEITH RICHARDS / MICK JAGGER

e mail
y wedding
ses on your grave"

FINGERS (1971)

MÚSICAS PARA O CAPÍTULO

06. "Dead Flowers", Rolling Stones
07. "Rebel in Me", Jimmy Cliff
08. "Rocks Off", Rolling Stones
09. "Like a Rolling Stone", Bob Dylan
10. "Like a Possum", Lou Reed

Só que, quando alguma coisa importante começa a dar errado, parece que tudo mais o desanda. Depois que a Marcela me chutou, vivi uma espécie de inferno astral. Aliás, não gosto de usar essas terminologias que remetem a esoterismo, energias, cristais e outras metafísicas baratas. Na verdade, acho que esse tipo de assunto está totalmente vulgarizado e atrai uma multidão errada, repleta de derrotados que procuram se distrair com babaquices para arranjar desculpas para sua própria fraqueza, enquanto tomam pau na vida real. Por isso não acho que estou em um inferno astral, não. Eu estou merecidamente fodido mesmo, e a culpa é única e exclusivamente minha.

Tem sido duro levantar da cama, como você pode imaginar. Ir para o cursinho então, um tormento. O alívio é a adrenalina durante as aulas, algo que realmente gosto de fazer. Neste sentido, o trabalho me salva, pois cada hora-aula é um momento de esquecer um pouco o que tenho sentido, o que me espera lá fora. Já os intervalos e os procedimentos administrativos se tornaram um verdadeiro terror.

Ainda mais porque o cursinho não está vivendo seu momento de glória. Com o agravamento da eterna crise econômica mundial, o governo resolveu pisar no freio e diminuiu a abertura de concursos públicos. Isso fez com que a procura dos estudantes também esfriasse um pouco, o que tem tirado o sono de muita gente, principalmente o tal do Tato Gilberto, o novo gerente de vendas.

Esse Tato é uma figura desprezível. Pense em um velho. Mas não um velho sábio, cujos cabelos brancos e figura de avô remetem a um personagem maduro, justo e simpático. Pense em um velho no sentido pejorativo: um babaca não tão velho assim, mas que tem a mentalidade velhaca, do tipo que se acha mais esperto que todo mundo. Tenho certeza de que você conhece alguém desse naipe. Na verdade, acho que a maioria das pessoas vai ficando assim à medida que envelhece. Triste destino.

Mas, voltando ao assunto, não sei de que buraco essa figura surgiu. É do tipo que entra mastigando resto de comida nas reuniões, entende? Dizem que ele trabalhava numa grande empresa de planos de saúde e andou contratando alguns treinamentos da escola. Assim, ficou amigo do dono do cursinho e acabou ajudando-o muito numa época de vacas magras. Agora que ele foi demitido da tal empresa, cobrou do amigo o antigo favor.

Pois é, como de praxe, uma mão lava a outra. Existe uma geração de velhacos que, em vez de se atualizarem e serem realmente competitivos, usam de seus pequenos poderes e relacionamentos para garantir espaços no mercado de trabalho. E atrapalham quem realmente quer produzir. Esse é o típico caso, pois o nomearam gerente de vendas em detrimento de um jovem executivo, ambicioso, competente e comprometido com o trabalho. Demitiram o moço para encostar o espertalhão. No começo, tudo bem, o vento estava a favor, o governo bombava o *nosso* negócio com um concurso público atrás do outro. Os alunos faziam fila para matrícula.

Mas agora o vento mudou de direção. A economia mundial está cada vez mais no buraco e ele não consegue mais surfar como fazia na maré boa. Ou seja, a bomba estourou em suas mãos, chegou o momento de trabalhar. Agora não tem como enganar, precisa agir logo, antes que seja tarde e as matrículas comecem a minguar inexoravelmente. Mas é óbvio que ele não tem capacidade para este desafio, então passa o tempo todo torrando o saco dos outros, principalmente da pobre equipe de comunicação, composta de quatro gatos pingados desmotivados e taciturnos, que ficam fazendo e refazendo alguns materiais de divulgação horrorosos e sem sentido. E que nunca vão trazer resultados.

Só que, para piorar, tem sobrado para mim. Eu, que sou docente, a princípio não teria que me envolver com esses assuntos de divulgação. Mas por ser o docente mais jovem do curso e ter — como qualquer mortal de nossos tempos — perfil em redes sociais, o infeliz testa suas teorias furadas comigo.

Esta semana tem sido especialmente complicada. Como ele está no auge do desespero, fui convocado de última hora para testar umas ideias sem pé nem cabeça para a nova campanha de comunicação do curso. Além de um comercial para rádio sentimentaloide, brega e tosco, o gênio me perguntou o que eu achava da "estratégia" de mandar o mesmo arquivo de áudio para 2 milhões de e-mails adquiridos por ele, informalmente, em uma empresa de informática. Pois é, coisa de amador.

No fim das contas, não sei o que foi pior: ser testemunha de tamanha idiotice ou a resposta dele para mim, quando argumentei que essa estratégia era anacrônica e de gosto duvidoso. "Nenhuma estratégia é perfeita", disse o charlatão, um tanto envergonhado e com o orgulho visivelmente ferido por minha "rebeldia", diante de sua equipe, atônita com o nível da picaretagem.

Numa boa, eu quis ajudar, mas devia ter deixado esta passar. Logo após a reunião, senti que minha vida vai ficar mais difícil ainda. Agora ele está mordido. No mesmo dia divulgou uma nova agenda de reuniões de *brainstorm*, para repensarmos a estratégia da campanha. Estou convocado para todas, então o ritmo de chateações só vai aumentar.

É este o drama que eu tenho vivido no trabalho. Só não chuto tudo para o ar porque acredito que, apesar da tal crise que nunca passa, o cursinho tende a continuar e eu estou bem adaptado ao esquema da firma. Os alunos gostam das minhas aulas e isso tem me salvado momentaneamente. Mas que estou irritado pra cacete, isso estou. Na verdade, tenho sentido muita raiva de tudo, da Marcela e de mim mesmo. Tenho certeza de que sou o culpado de ter nos jogado em uma prisão sem saída. Prisão perpétua, pelo menos para mim. E tenho aprendido que a pior sensação é ser condenado por você mesmo.

Por isso tenho tido raiva, constantemente, como nunca tive na vida. Não sei quanto a você, mas eu nunca fui daqueles caras donos da verdade, que são o centro do mundo. Pelo contrário, sempre fui meio melancólico, do tipo que sente tristeza, com misto de culpa e piedade. Digamos que no mundo da literatura do século XX, estou mais para um Stephen Dedalus, do *Retrato do artista quando jovem*, do que para um Holden Caulfield, de *O apanhador no campo de centeio*. Sempre preferi sentir calado o peso da melancolia, do tédio, da culpa religiosa, a ser um cara irritadiço, meio perdido no mundo.

Em suma, até agora preferi ser um *outsider* a bancar o revoltado. Não quero ficar voltando às reminiscências infantis, mas às vezes não consigo escapar. Quando isso acontecer, juro solenemente não me tornar um daqueles autores que exaltam os tempos pueris, de subir em árvores e se deliciar com a doce infância. Porre total. Mesmo porque, você deve concordar comigo, a infância nem é tão boa assim. Na infância, se você não julga o tempo todo, não atormenta as pessoas, você dá espaço para ser julgado. É dura a vida, principalmente na escola, com outras crianças. A escola, cá entre nós, é uma selva cruel. Lá, o ser humano está em seu estado mais primitivo, sem filtro social algum. Por isso eu sempre preferi me isolar a tentar ser o popular da turma. Puro instinto de autopreservação.

Desde o jardim de infância, eu já era mais lúcido que os meus coleguinhas. Olhava aqueles moleques cuspindo uns nos outros, se agredindo o tempo todo, e não via a mínima graça. Também percebia que os mais inocentes se ferravam, afoitos por serem aceitos no grupo dos valentões. Logo percebi que não tinha vocação para ser agredido, tampouco valentão. Então, desde cedo, preferi me isolar. E quando você se isola, você pensa. E quando pensa, infelizmente, fica melancólico.

E a melancolia sempre foi uma especialidade minha. Nos momentos de ficar sozinho no recreio, enquanto meus colegas corriam alucinados uns atrás dos outros, eu já sentia um tédio imenso no fundo da alma. Mais tarde, nos bailinhos da adolescência, quando alguns garotos já se aproximavam das menininhas a meia-luz, eu ficava esparramado em algum sofá, ruminando se iria morrer jovem, ao som (triste pra cacete) de "Rebel in Me", do Jimmy Cliff. Deprimente. Até mesmo quando minha mãe morreu, preferi a aceitação triste de que a vida é assim mesmo a me revoltar e virar um rebelde com causa.

Aliás, nesse momento de luto, tamanha foi minha apatia que virei uma espécie de coitadinho da escola. Na verdade, não queria falar com ninguém, mas as pessoas insistiam em me olhar com pena. Por exemplo, as meninas mais bonitas, que mal sabiam da minha existência, começaram a falar comigo. Obviamente, foi um pesadelo. Por isso tratei de terminar o colegial rapidinho e sumir daquele lugar, ir para uma cidade maior, me tornar anônimo, deixar tudo para trás.

Em parte, consegui, com sucesso. Não que eu tenha me tornado um *guitar hero* nos tempos de faculdade, mas pelo menos na metrópole ninguém dá a mínima para você e vice-versa. Para quem vem de uma cidade minúscula, onde todos se conhecem e se maltratam, isso é libertador. Então a melancolia, esta companheira de sempre, começou a dividir espaço com outras experiências, digamos, mais lisérgicas. Mas isso fica para o próximo capítulo, aguenta aí. Eu só dei esta volta toda para dizer que a raiva nunca foi meu estilo. Até agora.

Acho que é a primeira vez na vida que eu sinto raiva demais da conta. Primeira vez que a irritação supera até mesmo minha apatia. Agora tudo virou um problema. Acordar, trabalho, trânsito, o colega de apartamento, a conta do banco, a cidade, o país, o planeta, o universo, tudo. Por isso estou tão invocado com o maldito Tato Gilberto. Tenho notado que até os meus alunos já começaram a me olhar mais estranho, pois a minha paciência com questões bestas está cada vez mais limitada.

Tudo isso porque eu tenho raiva dupla: raiva de vítima, raiva de culpado. De vítima, porque, nesta confusão toda, eu também me sinto um injustiçado. Ora, quem conhece o universo masculino sabe que não sou um cara tão escroto assim. Até agora, vivi pouco, sempre correndo atrás, tentando ser o mais responsável possível, comigo e com os outros. Acho que a Marcela pegou pesado, quis terminar tudo sem ao menos me dar uma chance de me redimir. Sem contar a humilhação que ela me proporcionou, ao me chutar com tanta força.

Aliás, pode me chutar à vontade, já nem sinto mais dor, igualzinho à música "Rocks Off", dos Rolling Stones. Só sinto raiva. Coisa que os Stones entendiam bem. Além da introdução nervosa de "Rocks Off", lembro também daquela "Dead Flowers", em que os caras cantam a depressão de alguém que está sentindo muita dor e muita raiva, cultivando um sentimento de vingança, querendo devolver as flores mortas por correio no túmulo da pobre "little Susie". Ou, ainda, outro clássico da vingança, "Like a Rolling Stone", que, na verdade, é do Bob Dylan. Mas encaixa muito bem aqui como ilustração: "como você se sente? sem direção, completamente perdido, como uma pedra rolando?".

Pensando bem, essa parte de "Like a Rolling Stone" diz muito sobre *onde* estou agora — e não necessariamente sobre a raiva que *sinto*. De fato, mais do que raiva, me sinto completamente perdido, sem direção, sem saber para onde ir. Ainda mais nestes tempos digitais, em que a realidade extrapola do real para o virtual e você é julgado não apenas pelos próximos, mas pelos milhares de amigos e amigos dos amigos da onça destas tenebrosas redes sociais, mensagens instantâneas, que expõem suas dores, vergonha e pesadelos — em bits e bytes. Quero até ficar longe da internet e do celular, para evitar a fadiga.

Ainda mais depois de ver que a Marcela jogou uma pá de cal de vez em nós. Maldito seja o ciberespaço. Foi a gota d'água ver em seu perfil que ela está saindo com outro cara, um tal de Moraes, piloto de avião da empresa em que ela trabalha. Ela já tinha falado uma ou duas vezes deste camarada aí, e não é que o malandro chegou junto? E pior que ver a Marcela me deixando para trás é ver que ela realmente está em boa companhia.

Sério, esse Moraes é o tipo de cara que você gostaria de ver pilotando seu avião. As fotos que ele postou na sua página pessoal já dizem muito. Celebrações com seus amigos aviadores, viagens bem legais no comando de aviões enormes e interesses dos mais nobres, como filantropia e cavalos de raça. Eis a raiva de ter razão. Finalmente Marcela achou alguém à sua altura. É demais, deletei meu perfil.

Mas como falei antes, justamente por estar sem direção, a raiva é dobrada. Sempre que termino minha sessão de autocomiseração, lembro que na verdade sou um escroto mesmo e daí vem a raiva da culpa. Culpa na veia. Culpa por ter jogado tudo fora, justamente quando estava começando a conseguir algo de bom na vida. Depois que eu conheci a Marcela, tudo tinha melhorado, e muito. Estava mais confiante no meu taco, a carreira era promissora, me achava até mais bonito. Nesta brincadeira, devo ter ganhado uns cinco centímetros de altura, apenas com o movimento dos ombros. Mas, é claro, vencer é para os fortes. Eu tinha que me derrotar, chutar tudo para o alto.

Com a sensação de sucesso — mesmo que ínfima e ordinária, principalmente olhando em retrospectiva — vem a ilusão de infalibilidade. Ilusão babaca, de quem não está acostumado a se sentir bem, muito menos desejado. Mesmo que desejado por pessoas que não significam nada para você. Um sentimento medíocre, orgulhoso, que te dá uma sensação de acesso à atenção e beleza. Em suma, idiotice. Desta idiotice vem o impulso de aproveitar, de não querer deixar o momento passar, mesmo sabendo que você vai se comprometer até o pescoço com essa merda toda.

Óbvio que eu estou pegando leve nestas linhas, pois na verdade não há vocabulário para escrever o que realmente estou sentindo. Sou um rato, de espírito pequeno e degenerado. Permito que breves instantes de sedução possam abalar tudo aquilo que eu tinha de concreto. Sou ainda menor por ter a certeza de ter deliberadamente magoado a mulher que eu amava. Magoei e perdi a mulher da minha juventude, porque sou um homem de espírito tacanho.

Sei que sou um personagem menor. Em outra época, teria padecido pelo fio de espada de algum nobre cavaleiro, ou agonizado nos primeiros instantes da epidemia de peste negra, como milhões que ficaram para trás na história. Ou, pior ainda, sou um vilão que machuca as pessoas e definha sozinho, odioso diante de qualquer um que carrega em si uma centelha de grandeza.

Foi isso que eu fiz. Tinha uma mulher de verdade ao meu lado e sua grandeza me afastou dela, como o demônio foge da luz. Optei pelo caminho mais mesquinho possível. Após um passado de hesitante melancolia, na bifurcação definitiva, escolhi o caminho da mesquinharia e da corrosão total desta minúscula alma que sempre carreguei.

Agora estou certo de que deixei para trás a oportunidade de uma vida plena. Como o Lou Reed canta, me sinto como um gambá com um buraco no coração, do tamanho de um caminhão. E que não será preenchido por uma noite de trepada. É isso, Lou Reed está certo: não sou um rato, sou um gambá. Tenho olhos, ossos e cara de gambá. Todos os dias acordo e vivo dias de gambá. Este é o livro de um gambá, veja que coisa. E quando alguém se torna um gambá, não há volta. Então só me resta sair para encher a cara, para apequenar meu espírito cada vez mais. E para apequenar o espírito não existe melhor companhia do que os Cães de Aluguel.

TOBOGÃ ESPIRAL

—

—

"When I get to the bo
I go back to the top o
Where I stop and I tu
and I go for a ride"

"HELTER SKELTER" | BEATLES | WHITE A
COMPOSITORES: JOHN LENNON / PAUL MCCARTNEY

om
he slide

M (1968)

MÚSICAS PARA O CAPÍTULO

11. "Helter Skelter", Beatles
12. "Bullet with Butterfly Wings", Smashing Pumpkins
13. "Roadhouse Blues", Doors
14. "Little Green Bag", George Baker Selection
15. "No No Song", Ringo Starr
16. "Visions of Johanna", Bob Dylan

Tudo certo, não se preocupe. Os Cães de Aluguel são os meus amigos. Obviamente, atribuímos este apelido a nosso grupo por conta do filme do Quentin Tarantino, o primeiro filme de verdade que realmente curtimos, no início da faculdade. Assistimos umas vinte vezes e descobrimos o barato de curtir cinema, muito além das explosões dos filmes de aventura e das comédias com o Rick Moranis, de que todo pré-adolescente gosta.

Na verdade, com *Cães de aluguel* tivemos um estalo. Vislumbramos o que é um roteiro, orçamento baixo, trilha sonora magnífica, direção, diálogos envolventes e atuações que fazem a diferença, como a de Harvey Keitel, Michael Madsen, Steve Buscemi, Tim Roth... Aliás, não por acaso os personagens representados por estes quatro atores eram os nossos "alter egos", por assim dizer, em nossas estudantadas — roubando aqui o termo "estudantadas", cunhado por Eduardo Marciano, do *Encontro marcado* (a propósito, mais um jovem perdido na literatura).

Eu era o Mr. White, personagem do Keitel. Apesar das nossas "estudantadas", era o cara mais lúcido, que no fundo se preocupava, durante as nossas experiências *junky*, com a segurança, saúde e, principalmente, integridade da ficha criminal do grupo. Alguém tinha que pensar em tudo e essa tarefa chata cabia a mim. Melhor assim, porque tínhamos também o Sandro, nosso Mr. Blonde. Além do tipo físico alto e desajeitado, que lembrava o Madsen no filme, Sandro também tinha o mesmo jeito seguro, tranquilo e cruel. É aquele tipo de crueldade competente, que faz do ato de cortar a orelha de um policial uma divertida dança. Não que Sandro tenha chegado a este ponto. Mas a linha de atuação era a mesma: ele podia muito bem deixar um de nós numa situação perigosa ou embaraçosa, em nome de algum divertimento para seu espírito.

Ainda assim, confiávamos uns nos outros. Mesmo porque, como diria Felipe, nosso Mr. Pink, tínhamos que ser profissionais. Afinal, tínhamos que ser objetivos, pois nossa amizade era, acima de tudo, baseada nos mesmos interesses, como literatura, cinema, música, videogame, bares, bebidas e, sobretudo, drogas. Em especial a maconha, em uma fase bem Doors, quando considerávamos as pessoas estranhas e nós mesmos mais estranhos ainda.

Mas antes de falar destes devaneios, ainda tinha o Egídio, que correspondia ao Mr. Orange, personagem do Tim Roth. Ele era calado como o personagem do filme. Durante as nossas viagens, Egídio passava despercebido de tão quieto, ora reflexivo atrás de seus óculos de lentes grossas, ora apagado, dormindo profundamente. Mas quando abria a boca era para ser preciso nos comentários e nas ideias. Era como o Mr. Orange, que não fez nada no filme, até o momento em que foi decisivo. E o Egídio era decisivo. Um tipo bíblico, que só abria a boca para falar sabedorias.

Esta é a origem da alcunha "Cães de Aluguel" de nosso grupo. Estávamos todos na mesma universidade, em cursos distintos, e encontramos, entre nós, uma combinação de valores e interesses totalmente convergentes, sobretudo quando se tratava das drogas, como já mencionei. E, por favor, não me leve a mal. Não quero fazer nenhuma apologia às drogas, então fique completamente à vontade para deixar esta leitura por aqui, caso se sinta ofendido pelo assunto. Mas, se você continuar, vai sacar que estas experiências tiveram um peso importante na nossa vida universitária.

Afinal, logo que comecei a estudar história, fui apresentado à maconha. E foi paixão na primeira experiência. Na boa, a maconha, para mim, foi uma experiência de expansão da mente, que até então era impregnada demais com meia dúzia de preconceitos obtidos na minha adolescência limitada. Em suma, eu era um perfeito idiota e a maconha me fez refletir um pouco sobre este fato. Me deixou menos pilhado com coisinhas bestas e mais tolerante, menos julgador. Deixei de ser um chato de galocha, que tinha uma visão de mundo restrita e queria que todo mundo pensasse igual a mim.

Neste sentido, valeu mesmo a pena. Lembro com carinho das tardes que eu passava descobrindo porões vazios da minha mente. Preenchia com boas leituras, mesmo com interpretações juvenis sobre Nietzsche, Schopenhauer,

James Joyce e Machado de Assis. Na companhia de Sandro, viajei na ultraviolência de Stanley Kubrick, ao som de Beethoven em *Laranja mecânica*, em uma noite regada a maconha e Marlboro, o cigarro que fumava na época. Lembro bem de aprender a prestar atenção aos arranjos musicais e às letras de música. Me sentia reconfortado quando — viajando na sala do apartamento do Egídio — ouvia o Billy Corgan, dos Smashing Pumpkins, gritar "Apesar de toda a minha raiva ainda sou apenas um rato numa jaula". Pela primeira vez na vida me senti acompanhado.

É claro que, como todo grupo de rapazes que consome maconha diariamente, tivemos acesso a outras drogas, como cocaína e LSD. No caso da cocaína, tivemos uma fase de três sábados seguidos, frequentando um bar de jazz recém-inaugurado na cidade, turbinados por papelotes de um traficante que perambulava por nosso campus, o Fornalha. Apesar de ser um vagabundo sem eira nem beira, ele tinha um jeito de hippie-cabeça e comercializava para os universitários, público que julgava mais seguro.

Foram três fins de semanas virados nesse Jazz Bar, cheirando a cocaína do Fornalha e tentando entender qual era a graça. Tentamos entrar em uma vibração na linha do *Pé na estrada*, no ritmo dos "be-bops", "ii-di-lii-yah" e "tatup-EE-da-dera-RUP" do Jack Kerouac. Sorte ou não, ainda não estávamos prontos para Charlie Parker, Miles

Davis ou Billie Holiday. Nosso negócio ainda era o rock and roll. Após madrugadas de pilha total, passávamos domingos deprimentes, consolados apenas por nossa amiga maconha. Desistimos do pó, pois procurávamos expandir a mente — e não ficar ligados com a cocaína. Ela nos trazia o efeito exatamente oposto do que almejávamos. Desistimos e, por coincidência, o bar fechou no mês seguinte.

Se não estávamos maduros para a onda do jazz, a psicodelia de um "Roadhouse Blues", do Jim Morrison, fazia todo o sentido do universo. Por essas e outras, o LSD foi bem mais divertido. Das experiências que tivemos, me lembro de ver a lua roxa do céu de um camping nas montanhas. Ao amanhecer, sem sono algum, desmontamos o acampamento e pegamos 350 quilômetros de estrada alucinados, com *Pet Sounds* tocando repetidas vezes, até chegarmos em casa, loucos para fumar mais um cigarro de maconha.

Teve um sábado em que, muito doidos de ácido, arrombamos o cadeado do alçapão do último andar do prédio do Egídio e subimos ao terraço do edifício, em meio a uma tempestade, no topo de dezesseis andares. Abraçados ao para-raios, em meio a relâmpagos e muita chuva, ficamos tremendo de medo e frio, gritando barbaridades e desafiando o Imponderável — que na certa percebeu a falta de discernimento daqueles quatro pobres-diabos. Nada de mais aconteceu. Apenas uma gripe no dia seguinte.

Apesar destas experiências paralelas, éramos, de certo modo, conservadores. Queríamos mesmo descobrir bons discos, filmes e livros, e comer pizzas, sanduíches e esfirras árabes entregues em casa, com cerveja ou Coca-Cola. Para isso, a maconha era a melhor companheira para nós, e nós uns para os outros, sem ninguém para encher o saco, para julgar.

Este era o valor dos Cães de Aluguel. Tal qual no hit tarantinesco "Little Green Bag", éramos quatro rapazes desajustados, realmente desorientados e desinteressados pelos divertimentos médios de nossa geração — como danceterias, rodeios ou automóveis. Na busca por este tipo de felicidade ordinária, só encontrávamos solidão. Assim a união deste grupo "viajandão" era algo funcional, objetivo e de convergência de interesses, sem emoções piegas ou sentimento de fraternidade fugaz. Em suma, era exatamente o que eu precisava.

E era o que eu precisava agora, nesta fase pós-Marcela. Como todo grupo de amigos que se preza, fomos nos distanciando à medida que cada um de nós arranjava uma namorada. Eu fui o primeiro, e na sequência cada um se enrabichou com uma mulher, exceto o Sandro, que se enfronhou em um mestrado em filosofia e virou uma espécie de ermitão de 1,95m de altura, um pouco curvado e muito barbudo, com cara de poucos amigos (o que, afinal, era verdade).

Apesar de já termos nos distanciado, ainda tínhamos em comum o gosto pelo álcool, esta droga legalizada que afoga todo o sentimento, ansiedade e senso crítico de um homem. Quanto à maconha, esta foi uma companheira de faculdade, deixada para trás gradativamente. Já tínhamos nos tornado homens, com responsabilidades crescentes, então conseguimos entender claramente o que o Ringo Starr disse em "No No Song". Também nos cansamos de acordar no chão.

Mas desta vez, por sorte, reuni-los até que foi fácil. Calhou, no mesmo sábado, de o Felipe e o Egídio conseguirem os respectivos alvarás, em nome dos bons tempos. Já que Sandro e eu estávamos soltos, bastou organizar uma jogatina de Fifa Soccer em meu apartamento, à vera, com cerveja na geladeira e uma garrafa de uísque à disposição, que os quatro estavam juntos novamente. Fazia tempo que eu tinha parado de fumar, mas naquela noite comprei um pacote com dez maços de Marlboro, só para garantir. Obviamente, ninguém trouxe maconha. Mesmo assim, foi uma noite esplêndida. Fazia tempo que não tínhamos um tempo livre para ouvir os sons, conversar as conversas e beber as bebidas sem nenhum tipo de reserva, preocupação ou censura.

Pudemos apostar dinheiro no videogame; misturar cerveja, no gargalo, com uísque; falar sobre as mulheres gostosas de nosso universo; sobre filmes pornôs que baixamos na internet; bem como sobre literatura e cinema, com as referências que só nós costurávamos, como o machismo hilariante de Schopenhauer, o delírio de Brás Cubas e a nossa certeza da chapadeira no set de filmagem de *Mera coincidência*, de Barry Levinson. Também tinha o DVD de *Cães de aluguel* em casa, é claro. Depois do game, colocamos o clássico para rodar, como pano de fundo para as conversas.

Em dado momento da madrugada, já sem álcool, sem papo e sem filme, Sandro teve a brilhante ideia de sairmos para "pegar umas putas". Bêbados e sem juízo, achamos que seria uma boa exercitar o lado caçador indo a algum cabaré, conhecer alguma mulher da vida. Eufóricos pelo som de "Helter Skelter", dos Beatles, resolvemos sair logo. Pegamos meu carro e, trôpegos, decidimos apimentar a confusão daquela noite pelas avenidas sujas da cidade.

O movimento estava fraco, já era fim de noite. Apenas algumas putas na rua, desanimadas pelo fracasso ou cansadas pelo sucesso, sacando que a abordagem daqueles quatro ébrios não daria em nada. Alguns travestis insinuantes ainda mexiam conosco, porém, mesmo bêbados, ninguém tinha coragem de responder às provocações. Nas portas dos bordéis, os próprios leões de chácara nos desanimavam de entrar. Sinalizavam que o movimento tinha acabado quando, na verdade, previam que éramos uma potencial encrenca para o final da noite e nos dispensavam.

O resultado da aventura era evidente. Como não poderia deixar de ser, o grande Egídio, que até então estava mudo, foi definitivo em suas poucas palavras: "quero ir embora, não tenho o que fazer aqui". Felipe, que já cochilava no banco de trás, também murmurou algo do tipo. Deixei em casa cada um, primeiro o Egídio, depois o Felipe, e, junto com o Sandro, dei uma volta nas ruas de meretrício, ainda mais desanimadas, mais para fumar alguns cigarros do que para tentar a sorte.

Finalmente deixei Sandro em casa. A madrugada estava úmida, fresca e tranquila. Liguei o som. *Blonde on Blonde*, do Bob Dylan, estava no player. Disco magnífico, obra-prima, talvez a maior da extensa discografia do bardo fanho. Coloquei a faixa "Visions of Johanna". Sabia que, finalmente, entenderia claramente aquela música. O inglês complexo de Dylan soou límpido como nunca.

Percebi minha condição irreversível de solidão, entendi que os Cães de Aluguel se separaram naquela noite, de uma vez por todas. Aquela união não tinha mais sentido. Foi uma noite de travessuras em um momento em que o que eu precisava era ficar quieto. Sabia que estava desamparado, mas tentei negar isso. Pois é. A Marcela era minha visão de Joana e, daquela música em diante, ficou claro que eu não saberia o que fazer para dissipar esta miragem insistente, cada vez mais forte.

UM ROLÊ NO LADO SELVAGEM
—

"She says, Hey babe
Take a walk on the wild
She said, Hey honey
Take a walk on the wild

"WALK ON THE WILD SIDE" | LOU REED
COMPOSITOR: LOU REED

e

e"

NSFORMER (1972)

MÚSICAS PARA O CAPÍTULO

17. "Walk on the Wild Side", Lou Reed
18. "Star", Erasure
19. "Satellite of Love", Lou Reed
20. "Mama Told Me (Not to Come)", Three Dog Night
21. "Dirty Boulevard", Lou Reed

A balada com os Cães de Aluguel mexeu comigo. Não por causa da constatação de que o grupo tinha se dissolvido. Convenhamos, qualquer um já sabia disso, faz tempo. Depois que paramos com as estudantadas, cada um já tinha ido para o seu canto. Aquele reencontro foi só uma tentativa, pálida, por parte de quatro velhos jovens — cada qual com sua bagagem de frustrações — de recuperar um pouco da leveza e irresponsabilidade de outros tempos. Em vão, é claro.

Mas o que mexeu comigo foi a volta no final da noite, no "lado selvagem", igual à famosa música do Lou Reed, "Walk on the Wild Side". Aquela ronda, naquela noite tranquila e fresca, trouxe à tona novamente o insuportavelmente forte desejo que eu sempre alimentei pelo sexo, pela sacanagem e pela putaria. Olha, para você não tenho vergonha de admitir que ao dirigir pelas avenidas vazias admirei francamente pernas, bundas, seios e o movimento de mulheres, travestis, michês e clientes disponíveis para girar a indústria do sexo, da forma mais vulgar e fantasiosa possível. Ali tive uma súbita sensação de plena livre agência, pela primeira vez na vida adulta, sem dúvidas, culpas ou qualquer amarra moral ou sentimental.

Sexo para mim sempre foi um tema central, desde muito cedo. Coisa pesada mesmo, protagonista, duelando ombro a ombro com a culpa alimentada pela formação religiosa e o ambiente ultraconservador de minha vila. Desde moleque, sei lá, seis anos, sete, no máximo, já tinha a perfeita noção do que era sexo, do meu desejo, dos riscos e das possibilidades de experiências. Não tinha nada de inocente, pelo contrário: inteligente que era, conseguia muito bem disfarçar esse impulso, evitando que minha família testemunhasse que, na verdade, eu era uma aberração.

Aberração, sim. Era assim que me sentia, pois na verdade sempre me achei sujo por desejar tanto. Sempre tive que dissimular e, muitas vezes, eu *realmente* desejei ser como um amigo meu, o Adrianinho, verdadeiramente inocente, só preocupado com videogame, automóveis e escotismo. Um monge genuíno, sem precisar de formação religiosa ou qualquer outra coisa. Seu interesse pelas coisas saudáveis era legítimo e sexo passava longe daquela mente — constatação que se confirmou mais tarde, ao se tornar um pai de família imaculado, após um casamento planejado, tudo dentro dos conformes.

Mas eu não. Desde aquela época o sexo já entrou como pano de fundo permanente em qualquer atividade, quando não era o protagonista. Seja no futebol com amigos, na escola, andando de bicicleta ou em qualquer outro divertimento supostamente pueril — como montar trenzinhos de brinquedo ou brincar de esconde-esconde —, o desejo estava lá, permanente, influenciador.

Ora, não preciso esconder nada de você: foram várias ocasiões em que, com algum amigo, em algum canto da casa, a brincadeira se transformou em esfregações tensas, com medo de flagras dos adultos.

Mais tarde, já no início da adolescência, algumas dessas brincadeiras, com um ou dois amigos, tornaram-se as experiências fortuitas de sexo oral ou tentativas frustradas de viver alguma experiência de *sexo real*, que só foi acontecer — vejam só, sorte grande — com uma empregada da minha avó, na cidade vizinha.

Eu tinha uns 13 anos e a garota, Joseane, uns 16. Uma tarde vagabunda de férias de verão, meus avós saíram e me deixaram sozinho com ela, que passava roupa no quartinho dos fundos, com o radinho ligado. A FM local tocava "Star", do Erasure, hit do momento, que até hoje me remete àquela ocasião única.

Eu estava na sala de TV, pensando em sexo, claro, mas tentando assistir a um programa infantojuvenil qualquer da TV. Mas como sempre, nessas horas, o pensamento se embaralhava e logo lá estava eu, na milenar prática de Onã, pensando em diversas coisas, mesclando fantasias ainda indefinidas com as poucas experiências pseudossexuais que tivera até então. Você sabe como é. Então, como a porta da sala de TV estava aberta, é óbvio que a Joseane me surpreendeu. Congelei. Mas ela riu e perguntou se eu gostava de mexer ali. Não respondi e ela perguntou se podia me ensinar uma coisa gostosa. Continuei quieto.

Estava deitado. Só me lembro de ela sentar na ponta do sofá, pegar no meu pau duraço e olhar pra mim, tranquila, com um sorriso no rosto. Eu estava com o coração disparado, achei que teria um treco quando ela desceu a cabeça e começou a me chupar. Que coisa aquilo! Era *completamente* diferente de tudo o que imaginava. Ela, com toda a segurança, sugava com suavidade, enquanto pegava no corpo do pênis com firmeza, no ritmo de uma masturbação celeste, indescritível. Explodi em dois minutos, na boca dela, que por sua vez tomou um susto e começou a rir, com ar de moleca, engolindo minha porra, com naturalidade.

Neste momento fiquei apavorado. Culpado, sei lá, com medo de ela ficar brava comigo, de contar aquilo pra minha avó, pra mãe dela, pra todo mundo. Com voz trêmula e meio chorosa, comecei a implorar por desculpas, dizer que aquilo não ia acontecer mais, mas ela logo tratou de me acalmar. Disse que estava tudo bem, que não ia contar para ninguém. Só queria me ensinar uma coisa gostosa. Após me tranquilizar, se levantou como nada tivesse acontecido e voltou para o quartinho de passar roupas. Fiquei ali, deitado, leve como nunca, culpado como sempre, tentando entender o que aconteceu.

É claro que depois do princípio de pânico que presenciou, Joseane viu que estava lidando com um moleque. Marotamente, me evitou no restante daquelas férias. Por mais que eu tentasse me aproximar ou deixar que ela me flagrasse de novo, ela sempre desconversava e nunca mais apareceu nos momentos propícios. Simplesmente tocou a vida como se nada tivesse acontecido. Nas férias seguintes, já tinha sido demitida da casa da minha avó, que perdeu a paciência com "aquela menina desmazelada" e a trocou por uma empregada velha, carrancuda e com bigode.

Mas, para mim, a situação só piorou. Aquele *felatio* memorável só atiçou em mim a vontade de sexo, todos os dias, todas as horas, a cada segundo. Sem alguém como a Joseane por perto, me via novamente em sessões cada vez mais intensas de troca-troca com colegas depois das aulas de educação física, naquelas situações de esfregação pseudossexual, por pura questão de necessidade e desejo.

Como eu era mais inteligente do que a média, conseguia influenciar alguns colegas para essas brincadeiras, sempre com abordagens indiretas, como um *round* amador de *wrestling* ou uma aposta sacana, que resultava fatalmente ou na perda de alguma coleção de tampinhas valiosa ou então na permissão para "avacalhar". Sempre, é claro, com muita perspicácia, para não selecionar moleques efeminados, tampouco meus amigos próximos (já demonstrando minha vocação para separar sexo de sentimentos). Sempre com muito cuidado para ninguém desconfiar e, assim, me manter distante dos pequenos escândalos de que outros adolescentes eram vítimas quando flagrados nesse tipo de empreendimento — corriqueiro entre meninos da idade.

Nessa época, portanto, descobri que a questão, para mim, era muito mais ampla. Não me sentia nem um pouco afrescalhado, como o Robertinho da sexta série, que morria de amores por outros meninos e se comportava como menina. Eu era diferente. Era um menino que gostava de futebol, figurinhas e bicicleta e também, desde cedo, se apaixonava por meninas, colecionando uma série de namoradinhas. Ou seja, afetivamente, estava claro que eu gostava de mulher, e, como falei, conseguia separar cirurgicamente meus instintos amorosos do impulso louco de ter o máximo de sexo possível.

Intuitivamente, entendi que o que eu queria não era um menino ou uma menina. Era sexo, era a luxúria, era o frio na barriga, os riscos envolvidos, a sofisticação e a sensualidade de um momento de transgressão. Nesse tempo, aprendi que sexo não tem nada a ver com sentimentos, gênero ou formação religiosa (ou seja, culpa). Mas, sim, que era uma questão de safadeza. Não me considerava hetero, gay ou bissexual. Para mim, isso tinha relação com afetividade, com o fato de gostar de alguém. O meu caso era outro... Mas tudo bem, se você precisa de rótulos, pode me considerar tarado, maníaco ou safado. Sim, eu era muito safado.

Evidentemente, trouxe isso para a faculdade, depois de deflorar algumas namoradinhas do interior e rodar alguns poucos motéis e bordéis de beira de estrada, sempre cuidando para não ser desmascarado nem carregado pela polícia para casa, ainda menor de idade. Sendo bem-sucedido nesta etapa, quando cheguei à faculdade, tudo foi muito libertador, como já comentei antes.

Demorou uns seis meses, mas finalmente caiu a ficha e percebi que estava sozinho numa cidade grande. Já dividia o apartamento com o apático do Frederico, que passava o dia vagabundeando, assistindo televisão ou bebendo cerveja na faculdade. A falta de conexão crônica com meu companheiro de república não só ajudou na manutenção desta parceria conveniente até hoje, mas também me ajudou nas incursões pelo lado selvagem, uma vez que eu não precisava dar satisfação alguma a ninguém.

Nessa época o bicho pegou. Consegui ficar na faculdade sem assumir compromissos com nenhuma colega de classe, apesar de querer comer cada uma delas. Mas todo mundo sabe que, aos dezoito anos, apesar de nos acharmos adultos, somos muito moleques. Por isso, enquanto eu queria sexo, as meninas buscavam namorados. E disso eu corria. E recorria a algumas experiências totalmente ocasionais, como foi o caso da auxiliar de enfermagem que eu conheci no ônibus circular, voltando da faculdade, e que topou ir comigo para a república, em uma tarde em que o Frederico estaria em aula. Ela estava saindo do plantão e topou tudo, tudo mesmo.

Ou então, às vezes, inspirado por algum filme pornô que eu alugava, buscava algum sexo pago — no centro da cidade, que é mais barato — para descarregar fetiches, com sexo eficiente, sem lenga-lenga, com salto alto e cinta-liga. Na época, eu já tinha algum dinheiro por causa das aulas particulares. Numa dessas incursões, tomei coragem e, em vez de contratar uma mulher, fiz programa com um travesti muito atraente. Essa boneca, que atendia pelo nome de Tayssa, me mostrou o que é realmente um boquete excelente.

Nesse ritmo pesado, entre os créditos da faculdade, maconha com os amigos e as aulas particulares, desenvolvi então mais uma perna da minha formação universitária: a busca incessante por sexo *hardcore*. Algumas vezes, graças ao fato de viver em república e fumar maconha, conseguia arrastar algumas menininhas da faculdade, com o argumento inicial de chapar com segurança. Logo já me atracava com elas, algumas cediam o que eu queria, outras ficavam só no amasso, mas todas davam muito trabalho, sempre hesitantes. E, quando o ato se consumava, nunca era realmente bem-feito.

Então, como uma Catherine M. — aquela escritora francesa muito tarada, que publicou um livro picante sobre suas memórias sexuais —, eu também buscava por gente da mesma laia. Queria ser uma daquelas pessoas que fazia muito sexo, apenas pelo sexo. Queria ser durão como um Lou Reed, com a segurança e autoestima suficientes para curtir suas drogas, música e sexo, sem dar satisfação a ninguém.

Como o tio Lou — que certa vez disse "sou um chupador de pau" sem perder a atitude de macho — também achava que poderia ser um *cock sucker*, cheirar *speed* com um traveco ou levar muitas garotas para a cama e, *whatever*, continuaria tendo a atitude de um macho alfa. Afinal, acima de rótulos, categorias ou clichês, o Lou Reed é o Lou Reed. E era exatamente assim que eu queria ser (na época, até comprei um coturno preto, para me apropriar do clima *New York*).

Com isso em mente, as buscas por gente da minha laia continuavam: nas avenidas sujas, nas festas "chapadeiras" de repúblicas obscuras (geralmente da galera de Letras, bem mais liberal que minha turminha de História), uma única vez na sauna gay (que eu não gostei, pois achei assaz insalubre), alguns cinemas pornôs do centro, bares de rock e salas de bate-papo na internet. Numa dessas caçadas virtuais, encontrei uma usuária com o sugestivo nickname "Girl from Mars" e, depois de algumas madrugadas de trocas de mensagens, ela topou me encontrar em um shopping.

A moça se chamava Luana e era garota de programa, que gostava muito de sexo e procurava na web algumas aventuras. Fumante, bonita e jovem, fazia o tipo *femme fatale* e era dois anos mais velha que eu. Tivemos algumas transas semiprofissionais. Digo "semiprofissionais" pois o sexo era eficiente, ela topava tudo e, literalmente, me deixou de quatro. Mas em algum momento da brincadeira, comecei a desenvolver, digamos, um certo afeto por ela. Foi foda. Foi a primeira vez que escorreguei nesse departamento sentimental e já aprendi uma valiosa lição. Hábil como a Joseane, de anos atrás, ela se esquivou. Profissional, percebeu a fria, sumiu do mapa e me deixou a ver navios.

Na verdade, foi ótimo. Após um ou dois anos, já formado e dando aulas no cursinho, conheci a Marcela, a única mulher que eu amei e por quem estou agora neste mato sem cachorro que, já disse, estou muito grato em compartilhar com você. Bom, voltando a nossa história, depois da balada com os Cães de Aluguel, acordei por volta das duas da tarde e preparei um desjejum ridículo composto de café preto, pão de forma, margarina e um resto de mortadela que estava na geladeira. Tentei assistir a quinze minutos de TV, com a desagradável presença do Frederico fazendo abdominal com aqueles equipamentos comprados pela televisão. Lou que me perdoe, mas "Satellite of Love" é o cacete. Voltei para o quarto, liguei meu computador, muito mais eficiente.

É nessas horas que a gente não se sente só. A internet foi desenvolvida para o cérebro do ser humano *nunca* ficar entediado. Além das incessantes *hardnews* que os portais de notícias publicam minuto a minuto, a navegação te leva aonde sua mente e coração desejam, sempre com retorno imediato e consistente da rede, essa espécie de consciente coletivo da humanidade. Neste caso, óbvio, me afundei em pornografia gratuita, acessível e multimídia. Vídeos e fotos de fetiches gerais. Sites convidativos, com mulheres em poses radicais. Vídeos editados, direto ao ponto, dois minutos de duração, oferecem *exatamente* o que você quer ver. Sem preliminares.

Durante esta tarde de zumbi, num ciclo de vídeos, fotos, satisfação solitária e cochilos, tive uma epifania: cheguei à conclusão de que eu não deveria consumir aquele tipo de porcaria. Deveria, ao contrário, produzir esse tipo de conteúdo. Com todo meu talento para safadeza e meu razoável poder de articulação, poderia, sem dúvida alguma, ser um pornógrafo. Apesar de lembrar na hora da música "Mama Told Me (Not to Come)", na versão gritada do Three Dog Night, já era tarde. Foda-se o jeito certo, este seria o meu jeito de viver. Não havia mais amarras sentimentais, morais, religiosas. Até que enfim, meu caro, poderia juntar em torno de mim uma turma na qual eu não seria um *outsider*.

Ora, me faltava alguma habilidade empresarial, claro, mas eu sabia que poderia rapidamente aprender a investir em uma produtora de filmes, fotos, com contratação de atrizes e atores, para distribuição de conteúdo pornográfico pela internet, locadoras e cinemas especializados. Tinha umas economias e poderia investir uma grana para lançar um selo adulto, com um portal na web e talvez com uma revista com algum título divertido, em que caberia de tudo: relações hetero e homo, ménages, travestis femininos, duplas penetrações, tudo, sem preconceito e, dentro do possível, com muito bom gosto. Claro que não teria nada de excrementos, pois não gosto disso, muito menos zoofilia ou, óbvio, a criminosa pedofilia. Para mim, a magia do sexo está justamente no consentimento mútuo, coisa que, obviamente, não existe nos dois últimos casos.

O que realmente mexe comigo é ver aquela mulher linda, adulta, dona do próprio nariz, que poderia se casar com quem quisesse, colocar-se conscientemente a serviço do prazer de três ou quatro homens. Esta mesma mulher pede que seja penetrada por trás simplesmente para se sentir completamente invadida. Ou até mesmo um cara que se deixa ser penetrado, por admitir que aquilo lhe dá prazer. Ou então o rapaz andrógino que, por opção própria, se transforma em um ser totalmente feminino, chegando a resultados surpreendentes. Ou o marido que permite que a esposa, de livre e espontânea vontade, dê para um amante. Ou a esposa que traz mulheres para o marido ter um harém. Ou um grupo de pessoas, livres, em uma orgia durante todo o dia, em um sítio isolado, fazendo todo tipo de sexo, em cantos diferentes, como em uma locação do filme *Boogie Nights*, do Paul Thomas Anderson.

Enfim, acho que deixei meu ponto claro. Quando há consentimento explícito e mútuo entre adultos, não há limites. E naquela tarde cheguei a esta conclusão: já que eu era um desastre no amor, o sexo poderia ser minha rodovia de tijolos amarelos. Eu precisava encontrar a turma certa e começar a desenvolver o projeto imediatamente. Agora que não tinha mais um relacionamento, teria tempo de sobra. Olhei no relógio e já passava das sete da noite. Fui até a janela, a noite já tinha tomado conta, as luzes dos prédios, postes e faróis estavam acesas. Fumei um cigarro do maço de Marlboro que sobrou da noite com os Cães de Aluguel e concluí que o sexo já rondava as ruas. Estava ansioso para sair pr'aquela Boulevard Suja. "*Fly, fly away.*" Comi outro pão de forma, bebi uma cerveja, tomei um banho, peguei o carro e fui à caça.

SÓ MAIS UM ANJO PERDIDO
—

—
"Are you a lucky little la
Or just another lost ang

"L.A. WOMAN" | DOORS | L.A. WOMAN

COMPOSITORES: JIM MORRISON / ROBBY KRIEGER / RAY MANZAREK / JOH in the City of Light

MÚSICAS PARA O CAPÍTULO

22. "L.A. Woman", Doors
23. "D'yer Mak'er", Led Zeppelin
24. "Susie Q", Dale Hawkins por Creedence Clearwater Revival
25. "Oh! Darling", Beatles
26. "Riders on the Storm", Doors

Cada esquina, um frio na barriga, rodando devagar, à caça de pessoas disponíveis. Via nas calçadas as garotas de programa acabando de chegar, em grupos, com suas bolsas, jaquetas e maquiagem. Os travestis já faziam poses, se empinavam e mandavam beijinhos. Mas, ali, minha procura não era por sexo pago. Eu procurava por um olhar inteligente, alguém com quem eu pudesse ter uma conversa sobre o projeto recém-imaginado, concebido algumas horas atrás.

Estava realmente inspirado. Coloquei o CD *L.A. Woman* dos Doors para ouvir e, não por acaso, repeti várias vezes a faixa-título. Além do clima de "ronda", com um ambiente urbano, de noite, luz, sonhos frustrados e carrão rodando pelas avenidas, a canção termina em um êxtase puro, com um orgasmo musical e um instrumental crescente acompanhado por berros e gritos do Jim Morrison. Acho que você sabe, o Jim Morrison era um hedonista ao extremo, que atraía as pessoas por sua beleza e charme e, no instante seguinte, desprezava os sentimentos alheios, após alcançar o próprio prazer.

Por isso eu não me espelhava no Jim Morrison, afinal ele era um péssimo caráter, do tipo cínico, que bebia as cervejas dos seus companheiros de república, roubava escondido o carro de algum colega e depois deixava o veículo batido em algum poste. Dizem que ele também costumava ir aos bares, pedia oito vodcas com suco de laranja, tomava uns comprimidos e colocava o pau para fora para alguma garota chupar e depois mijava ali mesmo, em pé, no balcão do bar.

Danny Fields que tinha razão. Ele achava Jim Morrison um bundão insensível, um corrupto, uma pessoa ordinária. E a poesia dele era um saco. Ele rebaixou o rock and roll enquanto literatura. Papo furado superficial de merda. Talvez uma ou duas boas imagens. Concordo. Um verdadeiro mala que, de fato, não serve de inspiração para ninguém.

Mas não podemos ignorar que o cara foi um grande comedor, vocalista e compositor de uma banda de rock que contava com músicos de verdade. Ou seja, na visão de mundo de um ex-universitário lisérgico, era um sujeito que sem dúvida curtiu bastante sua juventude.

Assim, mergulhado no som dos Doors, a mágica aconteceu. Era uma viela estreita de paralelepípedos, e eu estava a menos de 10km/h quando vi uma moça sentada na porta de um comércio fechado, debaixo de um toldo, mexendo no cabelo enquanto procurava algo na bolsa. Quando olhou para cima, a reconheci e parei o carro. Era a Luana, acredita? Ela mesmo, a "Girl from Mars". Após um instante de hesitação, como quem procura resgatar na memória um semblante conhecido, ela abriu um sorriso, se levantou, debruçou na minha janela e me cumprimentou, pelo nome.

Na verdade, apesar de me sentir sortudo com aquele encontro, não fiquei tão surpreso assim. Desde que a Luana sumiu da minha vida, de vez em quando eu pensava o que poderia ter acontecido com ela. Imaginava, sim, que provavelmente teria continuado na vida de garota de programa. Algumas vezes imaginava isso com tesão, pensando que a qualquer momento poderia topar com ela em algum filme pornô. Outras, pensava que ela tinha potencial e inteligência para ser uma garota de programa de luxo, sustentada por algum velho safado, que bancaria um flat moderno e uma mesada para ela gastar com algum namorado sortudo. Então, na real, esse encontro não foi necessariamente uma surpresa, apesar de eu nunca ter imaginado a Luana como uma puta de rua.

"E aí, Marlo, topa fazer um programa comigo, em nome dos velhos tempos?" Não tive dúvida, mandei entrar. Perdoe-me pelo clichê, mas naquele momento parecia que o mundo estava em câmera lenta. Enquanto ela dava a volta pela frente do carro, pude notar que continuava elegante, bem magra, aliás. Não sei se por causa do vestido preto ou, talvez, do vício em cocaína, mas ela mantinha a silhueta de anos atrás, com a diferença dos seios maiores — silicone, na certa —, que pareciam suculentos. Entrou no carro, sentou-se no banco do carona, deu um sorriso e me tascou um beijo no rosto, com certa familiaridade.

Sem combinar nada, aceleramos rumo à saída da cidade, na clássica região dos motéis, e a conversa entrou no habitual script de reencontro. "E aí, quanto tempo?" "O que você tem feito?" "Está trabalhando onde?" "E você, faz algo da vida além dos programas?" "Se formou?" "Está estudando?" Com esse papo rodamos alguns quilômetros sem falar do programa em si, sem combinar qualquer preço ou como ou onde faríamos. Nesse meio-tempo, não me senti excitado ou interessado por sexo. Acho que Luana sentiu isso e logo desviou o assunto para o disco que rolava.

"Continua curtindo Doors?", perguntou. "Veja bem, os caras são bons, mas não curto mais como antigamente. Acho que são menores que outras bandas, mas ainda servem para curtição. E também descobri que não vou muito com a cara do Jim Morrison", expliquei. "Ah, que pena, eu ainda curto muito, posso acender um cigarro?" Anuí.

Acendeu o cigarro e continuou, soltando fumaça: "Sabia que meu nome de guerra é Lua Ana?" "Como assim?", retruquei curioso. "Lua Ana. Escolhi por causa do Jim. Lua Ana, L.A... L.A. Woman." "Hmmm, bem hippie, hein? Continua curtindo Doors?" "Claro que sim. Mas, principalmente, continuo achando o Jim um tesão, o comedor perfeito. A ideia de escolher um nome de guerra inspirado nele me deixa excitada, sabe?"

"Imagino que sim. Deixa qualquer um excitado, na verdade. Você sabia que ele foi estudante de cinema na

Universidade da Califórnia?", perguntei com toda maldade, já com a intenção de contar para ela meu projeto cinematográfico. "Você gosta de cinema, Luana?" "Adoro." Eis o gancho: sem rodeios, aproveitando o clima Jim Morrisson da hora, fui direto ao assunto e contei para ela o que estava pensando. Contei que queria montar esta produtora, entrar com um projeto diferente, inovador, com sites, revistas, eventos e vídeos com todo tipo de tara sexual, com bom gosto e liberdade.

Enquanto falava, ela ouvia com interesse, porém séria. Eu disse que, se ela topasse, poderia ser a estrela da produtora, assim como diretora e sócia. Até acendi o cigarro e, sem perceber, paramos em um engarrafamento bizarro para a hora, naquele domingo à noite. "O que está acontecendo?", ela chamou minha atenção, estranhando o engarrafamento. Tinha alguma coisa na frente, uma movimentação diferente com uma viatura de polícia, cones de sinalização e operários orientando para que o trânsito parasse. Quando olhei para cima vi um guindaste da prefeitura podando uma árvore podre, cujos galhos tinham caído na rede elétrica.

"Nada de mais, apenas uma poda, logo libera o trânsito. E aí, o que você achou da ideia?", perguntei, pouco preocupado com o engarrafamento e mais interessado em fazer um tipo tarantinesco, fumante, ansioso e envolvente, imaginando que ela toparia a ideia na hora. Assim, começaríamos em um motel barato o tal projeto, com uma foda galáctica inaugural, seguida de planos para próximos passos, tais como contratação de atrizes, atores, cinegrafistas, iluminação e locação. Ali, vi que tinha encontrado minha parceira e as próximas semanas seriam excitantemente ocupadas com a minha nova carreira. Já me via até pedindo demissão da escola no fim do semestre.

Mas ela olhou para mim mais séria do que eu esperava, com uma cara totalmente desmotivada. "Não sei, Marlo, acho isto tudo uma bobagem.Você não sabe o que é essa vida. Na verdade, estou bem cansada disso tudo. Não sei por onde você andou esse tempo todo, como você tocou sua vida, só sei que estou de saco cheio." Luana puxou um trago e continuou: "Já estou em idade de ter algo bom para mim e olho minha vida como uma sequência de momentos soltos, sem nenhum lastro, um dia atrás do outro, sem planos, com perda de tempo atrás de perda de tempo." "Fora os riscos reais a que me exponho, sabe? Pessoas más, saúde instável, muita loucura, no pior sentido possível."

Diante do meu constrangimento, só ela falava: "Por exemplo, agora, estou virada desde sexta. Quando não estou fazendo programas, estou em casa, acordada, sem conseguir dormir direito, pensando no que vai ser de mim." "Não quero ser dramática, mas remédios não me acalmam mais." "Até entendo sua ideia e sua animação.

Mas acho que se você está animado a começar isto é porque não conhece essa vida. A maioria das pessoas que eu conheço na pista não se animaria com esse seu projeto. Exceto os iniciantes, todo mundo está de saco cheio das mesmas coisas: convites para ménage à trois, sadomasoquismo, orgias, xingamentos, as mesmas fantasias. Mulheres desesperadas para agradar seus maridos tarados e homens sempre agindo como moleques, embasbacados por qualquer mulher que aguenta uma pica atrás. São os mesmos roteiros de sempre, Marlo. É muito limitado e por mais que você queira, não dá para ser inovador. É tudo muito básico, primitivo. Para mim, não vejo sentido em começar um novo ciclo, quero mais é cair fora. Você pode até achar alguém, mas não sou eu. Estou desanimada demais para qualquer coisa envolvendo sexo profissional."

Não preciso dizer que aquela reação me deixou desconcertado. Ali não havia apenas um balde de água fria no projeto como um todo, mas também uma confissão de que ela nem sequer queria fazer programa comigo. Senti ali o testemunho de uma pessoa complicada, que estava vivendo as neuras e angústias de um mundo sempre idealizado, porém distante de minha realidade cotidiana — medíocre, hesitante, porém estruturada e, até pouco tempo atrás, promissora. Fiquei brochado e sem graça, não sabia o que falar, não esperava esse tipo de reação sincera e crua.

Pouco tempo de silêncio mútuo, ninguém fumava ou falava mais. O trânsito foi liberado, a poda tinha terminado. Eu não via sentido em ir para um motel. Foi nesse instante que a convidei para tomar uma cerveja, em um pub de rock que eu costumava frequentar nos tempos de faculdade. Creio que ela também estava mais interessada em conversar do que em trepar. Topou a ideia na hora, demonstrando contentamento e, se não me engano, certo alívio. Fiz o primeiro retorno de volta para o centro da cidade.

Chegamos ao bar e, por ser domingo, não estava cheio. Demos sorte, pois naquela noite estava se apresentando uma banda de rock clássico, razoavelmente famosa entre os frequentadores do bar. O azar foi que chegamos quando os caras começaram a tocar "D'yer Mak'er": *"Oh, oh, oh, oh, oh, oh... You don't have to go"*. Fiquei deprimido na hora. Sentamos num canto, pedimos duas *pints*, saquei um Marlboro para mim e dei um para ela, acendi ambos e ficamos em silêncio, ouvindo a canção, com desejo de chorar todas as lágrimas.

"Lembra quando nos encontramos aqui, uma noite?", perguntou ela, para quebrar o clima fúnebre que pairava no ar. Na verdade, eu não me lembrava do encontro, mas também não duvidava, pois frequentava muito aquele bar, sempre chapado. Sorri e menti que sim. Começamos a conversar sobre a vida, ela disse que tinha entrado na faculdade de contabilidade mas trancado a matrícula, e na verdade nunca conseguira largar a vida de programas. Notei certa vergonha por dizer que havia parado de estudar. Continuava com o cabelo liso, bonito, brilhante, mas, mesmo na penumbra, dava para notar que o rosto estava um pouco envelhecido, com as primeiras rugas surgindo no olhar, os dentes amarelados e a maquiagem um pouco acima do tom.

Contei um pouco da minha vida, de forma geral, sem muito interesse, mais querendo me aproximar, para tentar resgatar qualquer clima de sacanagem, mesmo ainda confuso com a nossa conversa no carro. Ao chegar perto, senti um cheiro forte de perfume que me fez titubear. Ela notou e se afastou um pouco, para piorar a situação. Neste momento a banda tocava "Susie Q", o que me deixou mais triste, tudo me lembrava a Marcela, a *minha* Susie Q. Desisti de puxar papo de sexo, em definitivo. Pelo contrário, não resisti e a conversa tomou o rumo oposto: finalmente falei de verdade sobre minha vida e, é claro, bastante sobre a Marcela. Contei tudo o que aconteceu conosco e Luana me olhava com piedade, mas não dizia nada. Só tragava o cigarro e, séria, com certo cansaço no rosto, assistia ao show. Naquele momento desisti, de uma vez por todas, do projeto idiota de ser pornógrafo.

Entendi que havia passado do ponto. Não me importava se não tinha mais amarras morais ou sentimentais. Sabia — estava estampado no rosto de todas pessoas, em cada acorde da banda, em cada trago do cigarro — que a minha concepção de sexo tinha perdido a validade, todo aquele mistério se dissipou. Era coisa de menino e eu estava numa situação suficientemente grave para começar a pensar, e agir, como um adulto. Sexo já tinha me dado dor de cabeça suficiente, nunca seria solução para nada. De súbito, não havia mais graça, não tinha mais cabimento, perdeu todo o sentido. Naquele instante, ficou ainda mais claro. Como Henry Miller, descobri ali que "o sexo não é nada, só um vazio".

Estava com muita fome e acho que ela também. Finalmente rasgamos nossas fantasias e pedimos sanduíches, batatas fritas, mais cervejas, mais um maço de Marlboro e, sem a responsabilidade da trepada, a noite ficou mais leve. Conversamos sobre a vida, a cidade, mas sem tensão, e até rimos um pouco. Investimos a maior parte do tempo ouvindo a banda que fazia bons *covers*, só clássicos.

O show já estava no fim e a banda estava no bis, tocando "Oh! Darling", dos Beatles, para sacramentar minha angústia. Melhor pedir a conta logo, pagar e sair. Na rua ela perguntou o óbvio: "Desistimos do programa, não?" Confirmei, mas me propus a pagar pelo tempo dela. Declinou com toda a naturalidade e, sem demonstrar nenhum desapontamento, só pediu que a deixasse no ponto em que a peguei.

"Posso levá-la em casa, se quiser." "Não precisa, moro por ali." "Olha foi muito bom passar este tempo com você, estava precisando, foi bom revê-la." "Também achei. Mas não perca tempo, você tem tudo, volte para a Marcela, está na cara que só falta isso." "Ela nunca mais vai me querer." "Pode ser. Mas faz mais sentido tentar a sorte com ela do que sair por aí, para pegar putas. Só vai te complicar ainda mais."

Fiquei quieto e ela também. Não falamos mais nada até chegar ao ponto novamente. Ela me deu um beijo no rosto, um sorriso e um "boa sorte com a Marcela". "Espero que a gente se veja de novo por aí." "Sim, mas em melhor situação, você e eu." Ela desceu, ainda olhei no retrovisor e vi que se sentou novamente em frente ao mesmo comércio. Senti uma tristeza profunda, potencializada pelo som de "Riders on the Storm". Fiquei angustiado por ela e por mim. Ela, por ter voltado ao ponto, para ser mais uma prostituta barata, de rua. Eu por não ter dignidade alguma e estar voltando para casa como eu realmente sempre fui: perdido.

TRILHA SONORA SUGERIDA

27. "Desolation Row", Bob Dylan
28. "A Via Láctea", Legião Urbana
29. "Love of My Life", Queen
30. "Shelter from the Storm", Bob Dylan
31. "The Raven", Lou Reed
32. "The Seeker", Who
33. "Pinball Wizard", Who
34. "Tudo outra vez", Belchior
35. "It Ain't Me Babe", Bob Dylan
36. "A Letter to Elise", Cure
37. "The Wind", Cat Stevens
38. "Needles & Pins", Ramones
39. "I Wanna Be Sedated", Ramones
40. "Got My Mind Set on You", Rudy Clark por George Harrison
41. "Oh My Lord", Nick Cave
42. "Monkey Wrench", Foo Fighters
43. "Foi na cruz", Nick Cave
44. "If Not for You", Bob Dylan por George Harrison
45. "Há tempos", Legião Urbana
46. "Tiny Dancer", Elton John
47. "I'll Be Your Mirror", Velvet Underground & Nico
48. "All Things Must Pass", George Harrison
49. "Turn! Turn! Turn!", Byrds
50. "De uma só vez", Rodox
51. "Yesterday", Beatles

TRAVESSA DA DESOLAÇÃO

—

—

"And then the kerosene
Is brought down from th
By insurance men who g
Check to see that nobod
To Desolation Row"

"DESOLATION ROW" | BOB DYLAN | HIG
COMPOSITOR: BOB DYLAN

stles

escaping

61 REVISITED (1965)

MÚSICAS PARA O CAPÍTULO

27. "Desolation Row", Bob Dylan
28. "A Via Láctea", Legião Urbana
29. "Love of My Life", Queen
30. "Shelter from the Storm", Bob Dylan
31. "The Raven", Lou Reed

Aquele domingo, apesar do nó permanente na garganta, até que terminou em relativa paz. Sinceramente, não ter consumado o programa com a Luana me ajudou a me sentir um pouco melhor. Entendi que a busca pelo sexo não traria resposta alguma, pelo contrário, só abriria mais feridas. O fato de ser muito safado, na verdade, só me trouxe preocupações e mágoas. Preocupações pesadas, como no último mês de faculdade quando, em um momento de reflexão, decidi fazer o tal exame de HIV. Você não sabe como foi deprimente. Passei noites em claro ouvindo "A Via Láctea", da Legião Urbana, com muito medo do resultado, mas escapei desta.

Mas não escapei das mágoas, irreversíveis. Mágoa de mim mesmo, por ter sido quem fui até hoje e, principalmente, a mágoa que provoquei na Marcela, a mulher que eu amava. Não suportava mais ouvir "Love of My Life", do Queen. Sabia que tinha estraçalhado o coração dela, arranquei grosseiramente um pedaço muito importante de sua vida, era o único responsável por essa desgraça toda.

Tudo por causa dessa compulsão de moleque, que me impedia de virar homem, adulto de uma vez. Era esse crescimento que eu deveria perseguir, deixar toda essa bobagem para trás, de uma vez por todas. Essa conclusão me deixou momentaneamente sereno, pelo menos naquele domingo, apesar de não saber exatamente *o que* buscar ou *como* encontrar. Mas a trégua duraria apenas uma noite. João Guimarães Rosa escreveu que a natureza da gente é muito segundas-e-sábados. A minha, nestes tempos, é só segundas. Por isso, a partir da manhã seguinte, as horas voltariam a ser arrastadas, cada vez mais tristes.

O trabalho estava cada vez mais insuportável, sufocante mesmo. E isto era só mais outra contradição, pois era justamente o trabalho que me salvava, pelo menos no curto prazo. Era ali que eu tinha algum contato com outros problemas, sem ficar focado na sinuca de bico em que tinha me metido. Ali, eu conseguia, por alguns instantes, me distrair. Mas essa distração tinha um custo e tornava tudo mais doentio.

As aulas eram rigorosamente as mesmas dos semestres anteriores, eu não me importava muito em atualizar o material com as notícias recentes do país e do mundo — que eram levantadas em classe pelos alunos e debatidas no melhor estilo de improvisação, piloto automático. E olha que esses eram os melhores momentos, em que me restava, aparentemente, alguma capacidade de controlar a situação, nem que fosse naqueles fugazes cinquenta minutos dentro da sala de aula, absorto nos meus slides de PowerPoint.

Além das aulas, tinha o Tato Gilberto, que não largava do meu pé. Cada vez que ele me abordava no corredor da escola, eu me sentia realmente sem escapatória. Com aquele papinho naftalina de estratégia de vendas dos anos 80, ele tentava me engajar na vã missão de reverter a queda de interesse dos alunos por nossos cursos. E o pior é que, nessas conversas, ele me pegava pelo braço, num jeito bonachão, falando desagradavelmente perto do meu rosto, deixando em evidência sua pele manchada e dentes mal-ajambrados. Sério, eu preferia ser demitido em um corte de custos a ter que aguentar aquela conversa toda.

Mas não tinha coragem de pedir demissão, é claro. Afinal de contas, um desligamento, naquele momento, significaria a perda total e irreparável de qualquer chance de reencontrar algum caminho. Foi desta inércia e falta de coragem que acabei sendo nomeado, de uma vez por todas, representante do corpo docente no recém-criado Comitê de Crise — uma ação desesperada do famigerado gerente para reverter a tendência de queda nas matrículas. Terror dos terrores, agora era oficial.

Na boa, suspeito que esta nova atribuição, que nem sequer rendeu um aumento no meu salário, foi consequência direta daquela minha desavença sobre o plano de comunicação idiota que, afinal, foi um fiasco retumbante. Resignado, eu tinha a amarga certeza de que o nosso gestor queria me sacanear e me envolver no trabalho que deveria ser *bem-feito* por *ele*. Agora essa posição me ocuparia algumas tardes até então livres e se tornaria mais uma poderosíssima fonte de angústia, perda e depressão.

Na primeira reunião do comitê, ele disse que vislumbrava em mim "um representante legítimo desta iluminada geração digital, que tem a missão de ajudar a escola a encontrar novos e inesperados caminhos, com ideias ousadas, baseadas em ações virais nas propaladas redes sociais". Uma lástima completa, afinal.

Agora, para piorar, eu passava horas em discussões estéreis, numa sala regada a café, biscoitos, água e ar-condicionado, lacrimejando e bocejando a cada cinco minutos. Conheci inúmeras empresas de publicidade, com seus vendedores de óculos de aros grossos, prometendo a tal da "viralização", diante de um gerente de vendas pateticamente deslumbrado, desesperado para conseguir resolver todos os problemas em um passe de mágica.

Óbvio que eu sabia que aquilo não ia prosperar, mas tinha a paciência de um agente funerário, que aguarda, com todo o respeito, os últimos arroubos de esperanças da família de um paciente terminal. E ali havia vários moribundos: o Tato Gilberto, que iria fracassar miseravelmente; o tal comitê, composto de gente de saco cheio e francamente desinteressada pelos destinos da escola; a própria escola, que estava de mal a pior; e eu, é claro.

Quando finalmente saía das reuniões, não sentia alívio algum em meu sofrimento. Sentia-me pouco lúcido, com olhos pesados e doloridos, desesperado. Nos dias em que não havia aula à noite, saía da escola no fim da tarde, sob aquele lusco-fusco que deve ter marcado a vida de Adão logo após a queda no jardim do Éden. Aquele entardecer cinzento, triste, tentando evitar o *rush* do trânsito ao passar por ruas secundárias e desviar dos malditos sedãs e SUVs estacionados em fila dupla para pegar crianças nas escolas, pão e leite nas padarias.

Esse movimento me deprimia ainda mais, mesclado com a dúvida de ir para casa, e encontrar o Frederico fritando um hambúrguer para assistir à novela das sete; ou procurar amigos, geralmente ocupados com seus próprios problemas; ou comprar um momento de sexo fácil, coisa que não resolveria nada, de qualquer forma. Ou apenas chorar, por estar sem rumo, sem saída.

Alguns dias eu voltava para casa e passava um tempo com o Frederico. Às vezes, complacentes, saíamos a pé, para jantar um "PF" em um restaurante de estudantes perto de casa. Não tínhamos muito o que conversar. Apenas generalidades, algum fato no meu trabalho, ou na faculdade dele, ainda sem prazo para conclusão. Sentados no refeitório sujo, entre garotos de 20 anos, éramos dois deslocados cuja afinidade mútua era cada vez mais tênue — e inversamente proporcional à conveniência de racharmos as contas de um apartamento de dois quartos. Éramos dois jovens adultos, tristemente acomodados.

Quando dava aulas no período da noite, eu saía da escola e entrava sozinho em um bar de sinuca nas redondezas para matar o tempo. Ficava tomando chope, amargo, pessimamente tirado, diga-se de passagem. Algumas vezes recebia um convite para um duelo, valendo uma rodada e a ficha. Era a senha para a saideira. Geralmente aceitava, jogava e pagava uma rodada para o adversário, jogando conversa fora, invariavelmente desinteressante, antes de ir embora.

Mas na maioria dos dias eu ficava mal, de verdade. De novo, depois daquele domingo, desisti de vez de buscar por sexo pago, apesar dos impulsos, da obsessão. Só complicaria mais. Então eu ia para casa, comia alguma coisa e me trancava no quarto. Via alguma pornografia, me masturbava, me arrependia, procurava por Marcela na internet, via que o namoro com o piloto estava andando, me sentia sujo, tomava banho quente, via mais pornografia, fumava cigarros (tinha voltado oficialmente a fumar), me masturbava de novo, lia notícias, buscava um livro, tentava dormir, acordava no meio da noite. E chorava quase todas as noites.

Algumas vezes chorei por autocomiseração, na certeza de que estava fodido, de que minha vida tinha acabado antes mesmo de começar. Entendi claramente cada palavra de "Shelter from the Storm", do Dylan, principalmente a parte na qual ele canta: "Agora existe uma parede entre nós, algo se perdeu." Eu sabia que a vida é composta de momentos-chave e que *ali* estava um momento-chave de um perdedor que, num átimo de sucesso, cometeu o erro de se achar um vencedor. E foi derrotado em definitivo, sem chance de recuperação. Ela tinha me dado abrigo contra a tempestade, mas fui ingrato. Agora estava novamente no relento.

Por isso que muitas vezes eu chorava de raiva. Óbvio, raiva por ser um completo imbecil, como sempre fui. Só que ser um completo imbecil quando se tem oito anos é algo que as pessoas compreendem e as consequências são brandas. Mas ser um completo imbecil na vida adulta é diferente. As consequências são graves e permanentes. E esta era a conclusão mais amarga.

Seja na sala de aula, no maldito comitê de crise, em casa, no quarto, no bar do chope mal tirado, no restaurante do prato feito, onde quer que fosse, eu sempre estava na sinuca. Na sinuca de bico que eu tinha armado para mim mesmo. Era um habitante infeliz da travessa da desolação, entendia como nunca outra música do Dylan, "Desolation Row", do magnífico álbum *Highway 61 Revisited*.

Mas diferente do Dylan, que por vezes frequentou esta viela, eu não era nenhum gênio de vinte e poucos anos, que abalava o mundo com suas ideias proféticas e definitivas. Era, na verdade, um cara medíocre, que chegou a alcançar a salvação nos braços de uma mulher, mas a jogou fora da forma mais babaca possível, como um adolescente tardio, longe de me tornar um homem de verdade.

Afinal, eu tinha experimentado o amor de uma mulher de verdade, uma única vez na vida. Tinha conseguido ser, legitimamente — por mais que duvidasse dessa possibilidade —, um príncipe para uma princesa, amado de verdade. Mas, como em "Desolation Row", pertencíamos a histórias diferentes, de universos paralelos. Eu era um Romeu, de um universo de negligência, de superficialidade, de desejos mesquinhos, e Marcela era uma Cinderela, de um mundo de lealdade, de vontade genuína, de amor. E eu consegui colocar nós dois nesta travessa da desolação.

Só que, como merecido, a Cinderela, que pertence ao reino da legitimidade, vai conseguir escapar desta maldição. Já o Romeu aqui... Pensando melhor, Romeu não. Estou mais para um Hamlet apequenado, envolvido na própria covardia, com seus fantasmas e inimigos, chafurdado em uma desolação, de pijama e loucuras.

Para mim, fica claro que estou preso no "Nevermore", no "Nunca Mais" com que o Corvo de Edgar Allan Poe decreta a sina do poeta. Não é o vento, não é nenhum estranho, nenhum culpado de fora. Sou eu. Sou eu e também este maldito corvo que, com seu olhar demoníaco e a voz grave do Lou Reed, declama o destino do meu espírito:

"Eu amo ela, que me odeia mais
E minha alma não deverá ser resgatada das sombras
Nunca mais"

É claro que nessas horas também penso em Deus, você já deve ter se perguntado. Mas prefiro deixá-Lo de fora. No desespero, lembro do Salmo 51. Depois que o rei Davi armou a morte de Urias, para poder ficar com sua esposa, Betsabá, ele disse a Deus: "Contra ti, contra ti somente pequei, e fiz o que é mal à tua vista." Aí que está. Ao contrário de Davi, para mim, esta conta não fecha. Pois pequei contra Deus, mas também pequei contra Marcela. Eis o problema. Como ter paz com Deus sem conseguir o perdão de Marcela? Se Deus é Amor, como me justificar com Ele após ter ferido o Amor desta mulher, que me amou de verdade?

Não. A conta não fecha. Talvez seja absoluta falta de fé. Mas prefiro deixar Deus de fora disto e puxar sozinho a minha angústia. Afinal, já estamos no meio da madrugada e, para completar a minha desgraça, o Tato Gilberto marcou uma teleconferência do comitê com outro consultor cafajeste, na primeira hora do dia.

Por estas e outras, preciso fazer algo, antes que morra ou fique louco de vez. O problema é que não tenho a mínima ideia do que buscar, por onde começar. Só tenho a nítida sensação de que já se foi embora a grande oportunidade de redenção que eu tive. Por pura e simples vocação para a depravação, joguei tudo fora.

AQUELE QUE PROCURA

—

—

"I'm happy when life
And when it's bad I c
I've got values but I c
"THE SEEKER" | WHO | MEATY BEATY B
COMPOSITOR: PETE TOWNSHEND

ood

't know how or why"

O BOUNCY (1971)

MÚSICAS PARA O CAPÍTULO

32. "The Seeker", Who
33. "Pinball Wizard", Who
34. "Tudo outra vez", Belchior
35. "It Ain't Me Babe", Bob Dylan
36. "A Letter to Elise", Cure
37. "The Wind", Cat Stevens

Zoado ainda. Mas depois de muito tempo, posso dizer que os dias começaram a se acalmar, em alguns instantes me sinto quase alegre. Continua difícil, mas algumas coisas boas iluminaram o horizonte. Primeiro, porque na semana passada foi meu aniversário. Não sei se acontece com você, mas eu curto fazer aniversário. Pode ser meio pueril, mas é um dia especial, quando você consegue se colocar em um ritmo mais tranquilo, com a licença de todos a sua volta. É como um alvará de um dia, quando você tem a liberdade de tentar se sentir um pouquinho menos miserável.

Nesse dia, encontrei alguns amigos, pois consegui organizar uns comes e bebes no meu apartamento e, neste ponto, o Frederico me deu uma baita ajuda. Além dos Cães de Aluguel, consegui reunir uma turma que eu não via desde a faculdade, o que foi bom para colocar o papo em dia. E, sem querer ser filho da puta, mas você sabe que sou um exemplar do gênero, é bom para a autoestima ver que você tem conseguido se sair razoavelmente bem em uma carreira de humanidades, sobretudo em relação a sua geração que está capengando, mendigando qualquer oportunidade na área.

Mas não foi só essa festinha que me ajudou a sair um pouco da fossa. No trabalho, tivemos uma virada radical: finalmente o dono da escola — que havia meses não aparecia por lá — colocou ordem na casa. Não era preciso ser nenhum gênio da gestão empresarial para ver a palhaçada que o Tato Gilberto estava fazendo, com aquele comitê de crise ridículo. Foi só perceber o desânimo da equipe e o resultado pífio de toda a picaretagem que o homem virou uma fera. Além de dissolver imediatamente o tal comitê e cancelar todo o "planejamento", deu uma comida de rabo no gerente na frente de todo mundo, para o delírio da galera.

Dias depois, Tato foi "aposentado". No último dia, ele me procurou meio sem graça para se despedir e — confesso — fiquei até com um pouco de pena, ao vê-lo tentar manter a soberba, com as formalidades de sempre, mas com a voz embargada. Explicou que a empresa optou por outra estratégia e não lhe sobrou mais espaço "na nova configuração destes novos tempos". Finalmente, jogou a toalha.

De lá para cá, o clima no trabalho melhorou. Não que a escola tenha se livrado do pior, mas cessou o clima de pânico, a dispersão inútil de esforço, sem resultado. As pessoas estão mais felizes e produtivas. Dá até para notar certo otimismo no ar, pois já temos turmas fechadas para o próximo semestre, o que garante uns meses a mais. Ainda mais depois que o governo anunciou a reabertura do calendário de concursos públicos. Isso realmente melhora nosso humor.

Afinal, neste país, a atividade mais produtiva é aquela que joga junto com interesses do poder público

— corrupto, ineficiente, caótico, mas cheio de dinheiro, que é confiscado da população através de impostos abusivos. É uma vergonha admitir isso, mas é a realidade nua e crua. E, perdoe-me o péssimo trocadilho, nossa escola é escolada nesse assunto.

Mas o melhor episódio, que mais levantou meu ânimo, foi ver que as coisas não estão bem entre a Marcela e o Moraes. Como descobri isso? Em tempo de redes sociais é fácil. Já que a privacidade de todo mundo foi para o saco, dá para levantar a capivara de qualquer um, a qualquer momento. Pois é. Eu disse que deletei meus perfis e contas de mensagens instantâneas, mas sempre é prático abrir uns *fakes* por aí, ao melhor estilo Inspetor Jacques Clouseau — que, aliás, foi o avatar utilizado.

O tal do "Clouseau" deu uma breve navegada e descobriu um reconfortante "solteiro" no status da Marcela e que as fotos públicas dos dois juntos foram deletadas dos respectivos perfis. Pode parecer bobagem, mesmo porque ela nem sequer me telefonou no aniversário. Mas quando constatei isso, fiquei a mil por hora, me sentindo o "Pinball Wizard", o Tommy, daquela fantástica ópera-rock do Who. O Tommy é um moleque fodido, traumatizado, cego, surdo e mudo. Mas tinha o talento de jogar fliperama como ninguém, era o melhor de todos. Justamente o meu caso. Um fodido, traumatizado, cego, surdo e mudo. Mas ali, naquele instante, era o "mago do fliperama".

Para conter um pouco da euforia e deixar de lado o impulso piegas, resolvi tomar coragem e ligar para o Olavo. Ainda não falei dele para você, mas, tirando os Cães de Aluguel, o Olavo foi um dos meus três grandes amigos na faculdade. Os outros dois foram o Franklin e o Eduardo. O Franklin, infelizmente, faleceu. Pois é. Numa época como a nossa, em que poucas pessoas morrem de repente, tenho três perdas graves na vida. Uma, já falei, foi a minha mãe. A outra foi o Ayrton Senna, o piloto. Pode parecer bobeira, mas sofri a morte dele como alguém próximo. E a terceira foi o Franklin.

O Franklin foi um grande amigo. Nasceu na mesma cidade que eu, éramos amigos desde moleques e nossas famílias se conheciam bem. Viemos para a cidade grande no mesmo ano, para a mesma faculdade, no mesmo curso. Acontece que, por conta do Acaso, ele mal chegou a começar a vida universitária.

Na primeira semana de aula, estávamos naquela temporada de trotes, procurando um lugar para morar. Íamos fundar uma república juntos. Como não tínhamos encontrado nenhum local que valia a pena, voltamos para nossa cidade na sexta-feira à noite. Acontece que ainda era verão e nossa cidade tem um rio. Um rio grande. E Franklin era um nadador forte, desses que ganhavam medalhas e batiam recordes de categorias juvenis. Já tinha atravessado o rio umas duzentas mil vezes. Naquele sábado, morreu afogado. O desastre parou nossa cidade, tragédia.

Foi uma tristeza. Volta e meia fico remoendo esse episódio, principalmente quando ouço Belchior, aquele roqueiro brasileiro. Chamo de roqueiro pois ele tem uma pegada meio Bob Dylan, com bastante rock and roll, e, por outro lado, um lance brega, sem nenhum constrangimento, com letras sobre uma camisa toda suja de batom. É um dom raro conseguir transitar assim, em diferentes públicos. De certa forma, universal. E o Belchior tem essa música, "Tudo outra vez", que dá saudades do Franklin: "aquele amigo que embarcou comigo, cheio de esperança e fé, já se mandou".

O outro amigo era o Eduardo. Ou Edu, ou Du, ou Dudu, você escolhe. Quando sóbrio, um monge, quase tão reflexivo como o Egídio, o caladão dos Cães de Aluguel. Quando bêbado, um tagarela maluco, fumante inveterado. Meio doido da cabeça, sempre foi do tipo "lobo solitário", fazia as coisas que lhe davam na telha. No fim da faculdade, nossa amizade estremeceu por uma mancada minha. Em uma noite conseguimos um ácido para dividir com uns colegas de turma — que nem sequer eram meus amigos de verdade. Um quarto de doce para cada. Acontece que, nessa partilha, tentei incluir o Edu e os caras não deixaram, alegando muita gente para pouco ácido. Acabamos deixando o Edu de fora da balada.

Apesar de nunca admitir, creio que ele ficou (com razão) chateado com essa minha mesquinharia. Nunca tinha experimentado, esta seria sua primeira oportunidade, que jamais se repetiu. Habilmente, Edu se afastou de mim. Quando se formou, calhou de passar em um concurso público em outro estado. Literalmente casou e mudou. Hoje é pai de uma menininha e, infelizmente, tenho pouco contato. Deve estar por lá, pelo jeito o lado caladão venceu (acho que parou de beber). Espero que um dia ele me perdoe, de verdade.

Por fim, dos meus três amigos mais próximos, só o Olavo ficou na cidade. Com ele, aprendi muitas coisas boas e, de certa forma, vou ser sempre grato pelo período que andamos juntos. Ele era metido a gênio intempestivo, filho de intelectuais, bem de vida, muito inteligente e de extremo bom gosto. Por meio dele conheci artistas como Lou Reed, David Bowie e Edward Hopper, que até hoje tenho entre meus favoritos. Investimos muito tempo ouvindo com atenção vários álbuns dos Beatles, Stones, Cohen, Tom Waits e Who.

Conversamos muito sobre livros de Machado de Assis (até publicamos juntos um ensaio sobre o universo machadiano, numa revista acadêmica), Goethe, James Joyce, C.S. Lewis e Nietzsche. Também buscamos inspiração — e formação — no Eclesiastes, em Michelangelo, Kubrick, Francis Bacon (o pintor), Beethoven, Rossini e Jerry Seinfeld.

Mas, óbvio, como bom garoto arrogante metido a gênio, ele tinha um péssimo temperamento. Tanto é que eu era um de seus poucos amigos. Sendo um cara gentil que se dava bem com todo mundo da turma, eu acabava o ajudando a ser um pouco menos desprezado pela galera. O pessoal até brincava que éramos uma espécie de Lennon & McCartney: ele, mais ácido e intempestivo, e eu, mais tranquilo e gente boa. Juntos produzimos coisas legais e muitas vezes nossa amizade dá saudade, sobretudo nas audições de *Time Out of Mind*, do Bob Dylan.

Mas como não poderia deixar de ser, é claro que o imbecil brigou comigo. Nem lembro ao certo, mas foi por alguma discussão filosófico-religiosa. Discordamos feio em um ponto sobre no que acreditar, mas, para mim, tudo bem. Para ele, não. Como resultado, desde a faculdade não nos falamos mais e o tempo foi nos afastando. Paciência. Cá entre nós, acho que a amizade com um cara como o Olavo tem data de validade e quatro anos foi tempo demais.

Por isso tive que arranjar um pouco de coragem para entrar em contato com o Olavo. Queria realmente bater um papo com ele, falar um pouco sobre a vida, tentar resgatar a época da faculdade, em que ele se considerava meu "grilo falante", quando me enchia o saco por me drogar com muita frequência e por manter alguns namoricos em paralelo.

Tinha um antigo endereço de e-mail e arrisquei a seguinte mensagem:

Para: Olavo
Assunto: R U THERE

Cara, você está por aí?
Preciso falar contigo. Anote meu celular...
Um abraço,
Marlo Riogrande

Fiquei surpreso quando, na mesma tarde, um número desconhecido surgiu na tela do meu telefone. Atendi, era o Olavo. Mesma voz, mesmo jeitão meio histérico, mas ainda familiar. Estava de bom humor, nos atualizamos de coisas gerais. "Está tudo indo. Pelo menos ninguém morreu, todo mundo está vivo, isso que importa", disse ele, com sua típica profundidade.

Marcamos um encontro na cafeteria de um shopping, onde anos atrás aprendemos a tomar cappuccinos e compramos alguns livros baratos, edições de bolso, para nossas respectivas bibliotecas. A dele, aliás, já gigantesca na época (pelo menos em relação ao meu acervo, com apenas algumas dezenas de exemplares em uma daquelas estantes de ferro, desmontáveis).

Sentamos, e antes de a garçonete trazer nossos cappuccinos — o dele com bastante chantilly e o meu amargo — Olavo, para variar, já tomou a palavra, a mesma linha de raciocínio de sempre. "Cuidado, aqui é território *comanche*. Pensei duas vezes antes de vir te encontrar, tenho que ficar atento com o movimento." Olhando ansiosamente para os lados, ele justificou a paranoia contando que tinha se envolvido com Helena, uma moça que tinha trabalhado em uma loja de roupa do shopping ("aquela de roupa *vintage*, dos anos 60").

Eles até se assumiram como um casal por um período, chegaram a cogitar morar juntos. Mas, segundo ele, a garota não suportou sua intensidade: "Ela até me lembrou a Susan Rotolo, aquela namorada do Bob Dylan, da capa do *Freewheelin'*. Como Susan reclamava da intensidade de Dylan, Helena reclamava muito de mim. Do meu silêncio, dos meus pensamentos, do meu jeito tempestuoso. Queixava-se de que eu era conflitante, temperamental." Até cantarolou Dylan, limpando a espuma do cappuccino da barba: "No, no, no, it ain't me, babe/ It ain't me you're lookin' for, babe."

Fora de brincadeira. Eu entendo perfeitamente a tal da Helena. O nome épico vinha a calhar. Suportar o Olavo não é para os mortais. Eu também teria fugido com mala e cuia, sem dar muita satisfação, o que, a propósito, foi o que aconteceu. Ainda mais no período profissional que ele atravessava, de franca ascensão intelectual e, consequentemente, de hiperatividade crescente.

"A editora vai muito, muito bem." Olavo tinha se tornado editor de livros e já estava conquistando relativo prestígio no mercado. Sua editora tinha publicado uma série de livros didáticos, fruto de um contrato com um órgão público de educação, além de algumas biografias de personagens históricos e coletâneas de artigos, nas quais ele articulou a colaboração de grandes historiadores nacionais e estrangeiros.

Eu já acompanhava, a distância, alguns dos seus feitos, mas me surpreendi com a sua lucidez e habilidade como homem de negócios. É claro que, enquanto falava, eu me consolava — amuado em minha insegurança de professor de cursinho — pensando que seus pais, intelectuais endinheirados, deviam ajudá-lo muito nessas empreitadas. Mas logo voltei para a vida real e saquei que o cara estava realmente bem, no caminho consistente para conquistar a liberdade financeira combinada com o sucesso intelectual que ele sempre almejou.

"Mas, vem cá? Por que me chamou? Tá metido em que tipo de encrenca?", perguntou, depois de falar por mais de meia hora, direto, sem parar. Fiquei quieto por um tempo, olhando para o nada. Não que estivesse entediado, como às vezes acontecia nessas conversas em outros tempos. Desta vez não. Eu estava genuinamente interessado pelo que Olavo me contava, mesmo porque quase tudo era novidade. Mas algo me deixou meio entristecido, ao observar a segurança dele, o caminho traçado, a forma como ele encarava os altos e baixos (até o episódio da Helena aparentemente o engrandecia). Parecia que ele estava editando cada capítulo de sua biografia para os futuros estudiosos do seu legado.

Ainda mergulhado nesse tipo de pensamentos, comecei a contar minha história triste para ele. É claro que nem tão triste assim, pois sei pontuar as ironias nos momentos certos, questão de sobrevivência quando se tem um interlocutor predatório como o Olavo.

Durante a conversa, atualizando sobre minha história com a Marcela, as situações no trabalho, os últimos livros lidos e discos ouvidos, fui ficando meio puto com seu comportamento. Não só confirmava a minha impressão de que ele estava extremamente autoconfiante com seu próprio destino, como eu estava ali servindo de escada para que ele se sentisse cada vez melhor. Lembrei da minha festa de aniversário, rodeado por meus colegas desempregados, e notei que experimentava ali o gostinho do pior veneno: a vaidade. Então, quando terminei de falar, estava a fim de discussão. Provoquei: "Mas me diga, Olavo, afinal de contas, por que brigamos?"

Ele ficou sério por um momento e devolveu a provocação: "Porque você é fraco." Você pode imaginar, o clima ficou tenso. Mas não respondi nada, sabia que ele ia continuar. "Você é fraco, Marlo Riogrande. Sempre foi e, pelo jeito, parece que não mudou muito. Você sempre fez concessões, meu caro. Desde que eu te conheço, você faz concessões o tempo todo. Eu não me importava com o que você fazia ou deixava de fazer. Tinha você como um amigo, justamente porque sabia que você era uma pessoa correta. Mas, ao longo do tempo, vi que você era fraco. Aqueles cigarros de maconha que você fumava, as meninas que você levava para o seu apartamento, as nossas discussões na faculdade, as cervejas, os cafés. Tudo para você era fuga. Ou você pensa que eu não notava? Você tinha esse seu jeito de 'profeta Gentileza' porque você não queria se indispor com ninguém, porque a gentileza, para você, gerava conforto, acomodação.

"É por isso que você tinha aqueles seus amigos inúteis e era camarada de todo mundo da faculdade. Você fugia de cobranças e amoleceu seu espírito, Marlo. Em vez de endurecê-lo, você usou os Beatles, o Lou Reed, até o Dylan, para se esquivar. Colocou tudo na mesma cesta das músicas de hippie que ouvia nos campings com seus amigos maconheiros. Em vez de se debruçar na leitura de James Joyce, você leu o *Retrato do artista quando jovem* e usou Dedalus como um exemplo de jovem otimista. Em vez de olhar a angústia pós-guerra de *Nighthawks*, você via uma noite serena. Em vez de usar a Bíblia para examinar as falhas do seu caráter, você buscava trechos para confirmá-las.

"Sei que você não aceita isso, mas naquele Jesus Cristo que você lia graça, paz e amor eu lia o Jesus Cristo que trouxe a espada. Você, para mim, se transformou em um rei Davi patético, que brincava com seu destino. Esta é a diferença entre nós, Marlo. Uma sutil diferença, entre as trevas e a luz. Durante muito tempo, eu ainda tentei te alertar, te resgatar. Cada livro que te emprestava, cada fita cassete que eu gravava para você ou cada indicação de filme, Marlo, era uma tentativa de te resgatar. Óbvio que sempre apreciei seu humor, seu potencial e sua habilidade em relacionamentos, principalmente com as mulheres.

"Pode dar risada, Marlo. Até hoje, para mim, você é um fenômeno. Você é uma espécie de Magneto, da Marvel. Só que em vez de atrair metais, eram as mulheres que vinham a você. Isso era incrível, assim como algumas de suas ideias e trabalhos. Aquele artigo que publicamos sobre o Machado foi fantástico — você se lembra? Você conduziu aquele trabalho, deixou todo mundo pasmo. Um lapso de grandeza, que realmente enxergava em você. Por isso era seu amigo de verdade. Em nenhum momento fui falso ou te usei. Mas chegou uma hora em que desisti.

"Quando? Quando você começou sua carreira, aquela correria de dar aula em cursinho e se sentir bem por isso.

Sua contabilidade suja por cada mulher comida e cada cigarro de maconha fumado. Seu trabalho de conclusão de curso, em grupo, com aquele teminha ordinário sobre o uso de internet em aulas de história, em companhia daqueles idiotas. Cada fato me fazia ver que qualquer centelha de grandeza tinha se apagado e não havia nada a ser feito. Você estava com o coração no mundo, eu subia para as terras altas. Não tínhamos mais conexão e, no final, não considero que brigamos. Apenas nos tornamos irreconciliáveis, nada mais."

Continuei quieto, puto, e ele emendou: "Por isso, espero que, o que quer que você faça, daqui em diante, seja para recuperar seu espírito. Quem sabe nos encontramos novamente." Resolvi contestar. Não ia continuar calado, sem falar nada. Queria mesmo era acertar um soco bem dado em seu nariz, para ele sentir o que é dor de verdade.

Mas como sabia que isso ia trazer mais problemas para a minha vida, já suficientemente bagunçada, respirei fundo para não perder a cabeça. Mas não iria poupá-lo da minha opinião sobre ele, de sua mesquinhez e maldade ao dizer tudo isso, dessa forma. Seria um excelente exercício. Afinal, se era uma questão de confrontamento para aprimorar o espírito, desta vez eu não ia ficar na zona de conforto. "Olavo... cara, você me deixou sem palavras. Confesso. Eu ainda estou pensando em tudo o que você falou. Sinceramente, gostaria de ter registrado, palavra por palavra, para poder meditar sobre cada uma delas.

"Veja bem, você tem razão. Não brigamos, nos afastamos. Nossos caminhos se separaram. Isso é um alívio, até. Afinal, para mim, você se tornou um exemplo da falta de cordialidade, da falta de tato, da percepção de como se relacionar bem, comigo e com a humanidade. Um filho da puta, desculpe o termo. Não quero partir para a ignorância, mas você que enfie no rabo todos os livros da sua editora, pois eles não representam nada, apenas escondem seu egoísmo e a vocação de afastar pessoas da sua vida. Até a Helena se mandou por isso. Então, Olavo, se eu acreditava na Graça, mas não sabia como lidar com isso, você, por sua vez, não vai conquistá-La agindo dessa maneira, pelo seu próprio esforço, para sempre insuficiente. Parece que você não percebe que, se depender do seu próprio suor, a porta do céu irá se fechar, antes que você consiga alcançá-la.

"Tampouco quero externar meu juízo sobre o ridículo que você sempre passou diante das pessoas, por ser tão rude, tão desumano. Em vários episódios, você magoou nossos colegas ao cravar sua superioridade intelectual diante de pessoas com o 'cérebro truncado', como você fez questão de apontar, rindo, pr'aquela garota da turma, a Carlinha, lembra? Não, Olavo, a nossa turma era de gente humilde, nossa faculdade era fraca. Ninguém ali tinha pais intelectuais, berço erudito, só você. Aliás, o que *você* estava fazendo ali?

"Eu sei, eu percebi todo o seu esforço durante a faculdade para me resgatar" — falei o "resgatar" fazendo um entre aspas no ar. "Mas você não percebeu que eu não queria isso. Não seria você que iria fazer isso, nunca. Eu queria, sim, sua amizade, riquíssima, com todo aquele universo cultural, repleto de referências cruzadas e ideias sofisticadas. Mas eu também queria fumar maconha com a turma, curtir de verdade. E fazer muito sexo. Não apenas com as menininhas da faculdade, Olavo... Desta reza, você não sabe um terço. Mas quem se importa? Afinal, não pretendia ser um Bob Dylan aos vinte e poucos anos. Acho que nem o próprio Bob Dylan queria ser um Bob Dylan nessa idade. Não, peraí... Bob Dylan *foi* Bob Dylan aos vinte anos. Mas ele é um gênio, coisa que, cá entre nós, nem você nem eu fomos", falei com ironia, para ofendê-lo com um julgamento que o rebaixava ao posto de mero mortal e, pior, ao meu lado.

Mas ele ficou quieto, também olhando para o vazio. Então suspirei fundo, exasperado, e continuei: "Olavo, você conhece muitas coisas, seu bom gosto pode ser um farol para muita gente. Mas você precisa conhecer um pouco mais da vida real. E é isso que lhe falta, e é isso que me sobra. Enquanto você lida com problemas intelectuais, como produção de livros, finalização de arte, café com colaboradores, com elegância, tratando as contas de fim do mês como uma mera necessidade fisiológica facilmente resolvível, eu preciso correr atrás.

"Para mim, nada veio fácil, até parece que você não sabe da minha história. Se eu não fosse professor, não teria como continuar por aqui. Teria que voltar. É fácil construir algo grande morando na casa dos pais. O difícil é se sustentar sozinho. Tente experimentar, a propósito. Mas sei que isso não é desculpa. E acredito que, no geral, você está certo. Concordo com você. Esse papo foi esclarecedor. Nessa batalha entre a carne e o espírito, está na cara que perdi. Me excedi na carne, me chafurdei e agora não encontro minha integridade. Corri atrás do vento, bati com a cara no muro. E, mais exposto do que agora, aqui na sua frente, impossível. Mas, cuidado, cara: se me perdi nas terras baixas, cuide-se para não se perder nas terras altas. Ali também se fica cego. E, no final das contas, o julgamento será igual, em qualquer lugar."

Ambos ficamos quietos. Aquilo não foi certo. Foi um exercício de sadomasoquismo inútil, improdutivo, agressivo, que nos magoou e nos distanciou ainda mais. Éramos dois homens adultos, mutuamente chateados e desconfortáveis por estar ali. Na rádio da cafeteria tocava "A Letter to Elise", do Cure, sobre um relacionamento sem saída, de promessas quebradas e corações partidos. Claro que ambos gostávamos da banda e ficamos quietos,

ouvindo a canção. Quietos e tristes. Nossos relacionamentos, estavam em frangalhos. Havia algo muito errado
naquele momento. Concluímos que não sabíamos nada da
vida. Nem de amor, nem de amizade.

Mas esta conversa foi um pecado, afinal. O que era para
ser uma saída possível foi mais um fracasso na minha
vida, que já ia de mal a pior. Se eu for puxar algo de bom
desse episódio — se é que houve —, foi a volta de uma
espécie de mútua consideração, que se revelou no fim do
encontro, quando rachamos a conta em silêncio e nos des-
pedimos com um meio-abraço e um "até logo", sem muita conversa. Sabíamos que nossa relação não acabaria ali,
mas, tampouco, pelo menos num futuro próximo, esta
amizade seria retomada.

Conformados, cada um saiu para um lado, com seus
próprios pensamentos. Os meus, pelos quais eu posso responder, eram amargos. De um lado, eu recuperava cada
palavra de Olavo, que pintou um quadro coerente, apesar de sua forma horrorosa. Ele tinha razão. Me perdi nas
terras baixas. O infeliz não precisava ter falado daquela
forma, mas eu me reconhecia em minha fraqueza. Ainda
achava que *Nighthawks* era um quadro sobre a paz de ser
anônimo, mas sabia que Dedalus não era um menino fú-
til. Não costumava mais ouvir música de hippie (a despei-
to dos Doors da nossa última ronda), mas agora conhecia
a fundo Lou Reed e Bob Dylan.

E, mais importante, acreditava na Graça, cada vez mais. Não tinha escolha. Só Ela poderia resgatar alguém de uma perdição completa e irreversível. O que era meu caso, é bom frisar. Nenhum homem, por mais confiante que seja, é capaz de fazer isso por si só — muito menos pelos outros. Por isso que as guerras, muitas vezes inevitáveis, geralmente são injustas. As partes deixam de lado o Imponderável e querem estabelecer suas próprias ponderações. Todo esse esforço só acaba em perda e o encontro bélico com Olavo só confirmou isso.

Entrei no carro mais deprimido do que puto. Lancei mão de uma das minhas manias. Esmurrei o retrovisor e comecei a falar alto, sozinho, numa epifania amalucada: "Cacete! Por que fui procurar o Olavo? Não era pra ser assim, porra, eu gosto do Olavo. Queria continuar sendo seu amigo. Ele é honesto, porra! E é isso que preciso na minha vida, honestidade. Merda! Ele está certo. Sou fraco. A minha vida toda fui assim. Basta ter algo bom que eu boto tudo a perder. Tem noção disso, Marlo? Todas essas lembranças só vão mostrar como você é um *loser* mesmo."

Nesse momento, dirigindo, estava com muita vontade de chorar, com um puta nó na garganta, mas segurei. Convenhamos, seria uma cena lastimável. Mas lamentava por ter perdido tudo: o amor da Marcela, a confiança do Olavo, o ânimo de prosseguir. Não tinha nem mais amigos, estava só, apenas com meu péssimo caráter, no fundo do poço. Como queria ter a chance de não repetir os mesmos erros! Lembrei na hora de uma música do Cat Stevens, "The Wind". Ele também nadou em cima do lago do diabo, mas nunca mais cometeria o mesmo erro. Eu também não queria mais, nunca, nunca mais, cometer o mesmo erro.

Desliguei o rádio, sintonizado numa estação idiota, que dava notícias a cada vinte minutos, cheia de propagandas toscas. Gostaria de ter aquela canção ali, mas não tinha. Então, fiquei em silêncio, o que foi bom. Concluí que eu precisava de uma única chance, qualquer uma, para não errar novamente. Como o músico britânico-muçulmano, quero ter a tranquilidade de saber que apenas Deus sabe o que realmente acontecerá. Não quero atrapalhar Seus planos com minha ansiedade, orgulho e fraqueza. Não, não vou mais cometer o mesmo erro. Neste momento de contrição, tão delicado como a canção de Cat Stevens, um pequeno milagre aconteceu.

AGULHAS E ALFINETES

—

—

"Because I saw her t
I saw her face
It was a face I love"

"NEEDLES & PINS" | RAMONES | ROAD
COMPOSITORES: JACK NITZSCHE / SONNY BONO

y

N (1978)

MÚSICAS PARA O CAPÍTULO

38. "Needles & Pins", Ramones
39. "I Wanna Be Sedated", Ramones
40. "Got My Mind Set on You", George Harrison
41. "Oh My Lord", Nick Cave
42. "Monkey Wrench", Foo Fighters
43. "Foi na cruz", Nick Cave

Eis que o pequeno milagre entrou em meu celular, em formato de mensagem curta, 60 caracteres: *"Marlo, podemos nos encontrar? Queria falar com você. Marcela."*

Imagina, quase tive um derrame. Aquela mensagem me gelou o corpo inteiro. Antes de bater o carro ou atropelar alguém, tratei de me acalmar, estacionei num posto e, às favas com minha dignidade, liguei de volta imediatamente. Nem doeu muito.

A conversa foi rápida e, na medida do possível, consegui falar coisa com coisa. Também pudera: naqueles segundos não haveria nenhuma salvação ou perdição. Apesar de sentir um fundo de tristeza em sua voz, que me deixou triste também, marcamos um encontro, na noite seguinte.

Combinamos de nos encontrar no Café da Tia Ica, uma padaria-lanchonete onde costumávamos ir tomar sorvete ou café da manhã, na época de namoro. Lugar de boas lembranças. Justamente por isso, depois de tudo o que aconteceu, nunca mais pisei lá... Já me bastava a presença dela em todos os demais lugares, a cidade toda, o país, o mundo, a minha mente. O universo inteiro assombrado pela saudade, como martelavam as *Flores do mal*, de Baudelaire:

Seja dentro da noite em plena solitude,
Seja na rua em meio à turbamulta rude,
O seu fantasma no ar dança como uma flama

Agora eu tinha mais de vinte e quatro horas pela frente. Seriam só agulhas e alfinetes, como naquela famosa balada dos anos 60, regravada por um monte de bandas, inclusive os Ramones. Por falar neles, concluí que nos últimos tempos estava me sentindo um tanto punk, no pior sentido.

Li uma vez que o movimento punk começou justamente com a sobra do movimento hippie. Depois que a ilusão de "paz e amor" se desfez, os filhinhos de papai foram estudar para trabalhar no mercado financeiro e as ex-hippies gostosas voltaram para as suas fazendas — para se casar com os mesmos filhinhos de papai.

Então restou uma corja sem eira nem beira. Eles ficaram na mão, deixados para trás no mesmo instante em que o climinha de amor livre — e a noção de comunidade — deu lugar à realidade fria, cinzenta e infectada. Então, esses negros, pobres, filhos da classe operária, garotos de conjuntos habitacionais e outros fodidos do gênero, que não tinham nada como uma poupança, perceberam que estavam encurralados e mandaram tudo à puta que pariu. Dessa falta de perspectiva surgiu o movimento punk.

Nunca fui punk, óbvio. Mas, por causa das bandas, em particular Ramones, Clash, Sex Pistols, Iggy Pop e o onipresente Lou Reed, sempre gostei de ouvir algumas músicas e, principalmente, de ler sobre o movimento. Um movimento pop legítimo, com música tosca, mas ainda assim um som de verdade. Sem aqueles *posers* ridículos de butique ou com roupas coloridas. Sem sintetizadores e produções artificiais. Sem executivos ou intelectuais por trás de tudo.

Os caras eram uns animais, uns marginais, junkies de verdade, e isso já dizia muita coisa. Nem preciso mencionar Sid e Nancy, né? Pois então, em matéria de se foder, eu fiquei craque. Tinha me ferrado para valer, metido meu destino em um beco sem saída, onde não havia nada para fazer, nem lugar para ir. Só queria mesmo era ser sedado. "I Wanna Be Sedated." Torpor punk.

Se bem que, com esta onda de não ter futuro algum, combinada com a recente conversa com a Marcela, eu não estava nem um pouco sedado. Estava pilhado. Por mim, a encontraria naquele mesmo instante, me ajoelharia aos seus pés, choraria por perdão, diria que sem ela não consigo viver, a abraçaria e daria o beijo mais profundo da minha vida. Cheguei até a pegar o celular para ligar para ela de novo e implorar por um encontro imediato. Mas, num lapso de lucidez, pensei melhor: era até prudente que esse encontro demorasse um pouco. Evitaria uma cena constrangedora dessas.

Já era noite. Antes de ir pra casa, comprei meia dúzia de cervejas e aluguei um filme. Sorte ou azar, não sei bem, o Frederico não estava em casa. Devia estar com alguma namorada por aí. Coloquei o filme, *Mera coincidência*, já tinha assistido milhares de vezes. Tinha cogitado pegar *De olhos bem fechados*, do Kubrick. Mas aí seria demais.

Optei por *Mera coincidência*, pois é cínico, engraçado e deprimente ao mesmo tempo, e fala da estratégia do governo americano para ludibriar a opinião pública. Se você ainda não viu, não adie mais. Robert De Niro, Dustin Hoffman e Woody Harrelson estão perfeitos no filme que, por sua vez, era perfeito para o momento. Me faria desligar um pouco, sem pensar em temas melosos, como romances, fracassos ou redenção. Apenas um frio reconforto.

O filme terminou junto com as cervejas. Meio grogue, fiz um sanduíche e coloquei "Got My Mind Set on You", do George Harrison. Estava a fim de sair do espírito punk e esta música realmente me levanta. Também curto a capa desse álbum, o *Cloud Nine*. Mesmo com as nuvens escuras ao fundo, ele está com uma camisa florida, óculos espelhados e um sorriso bobo no rosto. Como se estivesse mandando tudo às favas, fodam-se as tempestades da vida. Isso, de alguma forma, também era punk. Fiquei um tempo olhando a capa do CD, enquanto a faixa tocava. A música terminou, eu estava ansioso demais para continuar ouvindo aquele disco, qualquer disco.

Desliguei o som e olhei para o sofá. De novo o silêncio, e um desejo estranho me assaltou: desejei orar. Havia muito que não orava, não sabia mais o que era isso.

Como já disse, tinha tido uma formação religiosa cristã razoável. Frequentei igrejas, escolas bíblicas, retiros de adolescentes.

Na adolescência, aliás, entre desejos picantes e posteriores arrependimentos profundos — ambos legítimos —, diversas vezes pensei em seguir a carreira eclesiástica, virar sacerdote. Felizmente, ou não, nem de longe era minha vocação. Mas, agora, naquele momento, me senti, como Olavo me acusou, um rei Davi patético, dividido entre a sua miserável fraqueza e o desejo de pedir socorro.

Ajoelhei no tapete da sala e apoiei meus braços no sofá. Fechei os olhos e antes de me concentrar tornei a abri-los e me levantar. Pensei no que estava fazendo. A quem eu queria enganar? Não sabia se acreditava em algo. Sinceramente, não sabia se Deus existia. E se existisse? Será que toparia uma conversa com um homem que nem sequer poderia ser considerado um homem? Hesitei, fiquei parado, fui pra janela, queria fumar um cigarro, mas lembrei de C.S. Lewis, aquele filósofo cristão: "A oração não muda o plano ou o coração de Deus; muda o nosso coração, cancela o nosso plano e implementa o de Deus."

Sem saída, ajoelhei de novo e antes de qualquer novo arroubo de ceticismo fechei os olhos e orei em voz alta. Orei, sem condições de orar. Meu espírito estava confuso e difuso. Lembrei de Nick Cave, fantástico, cantando "Oh my Lord". Lembrei que Cave também, como eu, um dia esteve perdido e caído. De alguma maneira, conseguiu achar uma saída, conseguiu se levantar. Isso me animou um pouco, apertei os olhos e comecei a pedir, sujo como estava, que Deus iluminasse meus pés. Que cancelasse meus planos e executasse os planos d'Ele.

Pedi, contrito, que Ele me ajudasse na conversa com a Marcela. Que nossos corações estivessem quebrantados naquele encontro. Clamei por sua Graça, a única esperança que eu poderia ter, já que não tinha nada a oferecer. Mais ainda: pedi perdão. Perdão pelos meus pecados, pelas minhas mentiras, pela minha negligência com o Amor e com sua Graça. E ainda, novamente como Nick Cave, pedi que o Senhor me envolvesse em seus ternos braços.

Abri os olhos, levantei e me senti muito confuso. Um pouco aliviado, por ter orado, porém muito culpado, por ser negligente e cara de pau. Tentei não pensar nisso e fui ouvir música. Passei os olhos por minha coleção e, sem pensar muito, puxei o CD *The Colour and the Shape*, do Foo Fighters. Coloquei direto na segunda faixa, "Monkey Wrench". Música boa que só, principalmente a parte do backing vocal.

Só que eu também não estava no clima de raiva, não era este o momento. Ainda mais a raiva do Foo Fighters, que é uma fúria limpa. O Grohl é um cara extraordinário, um monstro do rock, popular, legal pra cacete, brilhante. Bonitão, pai de família, talentoso ao extremo, o sujeito mais legal do mundo. Quem, afinal, não gostaria de ser como Dave Grohl?

Uma pena, mas, definitivamente, esse arquétipo de sucesso e perfeição não é a minha linha. Deve ser por isso que não sou tão fã do U2. Apesar de reconhecer o valor da banda, gostar de várias músicas deles, o Bono Vox é um herói de filme de Hollywood, dedicado a projetos filantrópicos de alcance global. Apesar de ter nos feito o grande favor de resgatar "Helter Skelter" das mãos do filho da puta do Charles Manson, Bono é bom moço demais para meu gosto.

Prefiro muito mais sujeitos como Lou Reed, Bob Dylan, Nick Cave. Tipos que experimentaram, na real, a sensação de estar no fundo do poço. E, de alguma forma, conseguiram sair de lá. Esses homens foram ao fundo do poço, ficaram na fossa de verdade, mas algo — ou Alguém — permitiu que se levantassem.

E o melhor de tudo: transformaram isso em sabedoria de vida. E belas músicas. Ou livros. Até quadros. Sem esconder de ninguém seus altos e baixos, pelo contrário, assimilando as amarguras para deixá-las, concretamente, para trás — e se tornarem homens melhores.

Por isso que desliguei o Foo Fighters — só depois de terminar a faixa "Monkey Wrench", é claro, boa pra cacete. Mas agora não queria fúria, precisava de redenção. Troquei pelo álbum *The Good Son*, do Nick Cave &

The Bad Seeds. Logo na primeira faixa ele canta "Foi na cruz", uma música protestante brasileira. Isso mesmo. No final dos anos 80, o cara veio para uma temporada no Brasil, para tentar sair da depressão profunda, após um período na clínica de reabilitação e muitos filmes de kung fu. Pois é, *The Good Son* é resultado dessa temporada brasileira, veja que ironia.

Foi aqui que ele encontrou o fio da meada para sair do beco sem saída em que se meteu. "Foi na cruz". Apesar do português com sotaque gringo, a música ficou linda, ele estava grato por se levantar. Era exatamente o que eu queria. Tinha chegado ao fundo do poço mas, pela primeira vez, tinha alguma esperança de me levantar.

Apaguei a luz e fechei os olhos. O CD continuou, sofisticado e denso. Não sei por quanto tempo fiquei acordado, ainda ouvi a porta se abrindo e o barulho do Frederico chegando em casa — com uma mulher, como deduzi. Bom, pelo menos ele não ia me incomodar. Por sorte, dormi logo, antes do fim do disco, pois o dia seguinte prometia.

SE NÃO FOSSE POR VOCÊ

—

—

"If not for you Babe, I couldn't even I couldn't even see th I'd be sad and blue"

"IF NOT FOR YOU" | GEORGE HARRISON

COMPOSITOR: BOB DYLAN

d the door
loor

THINGS MUST PASS (1970)

MÚSICAS PARA O CAPÍTULO

44. "If Not for You", Bob Dylan por George Harrison
45. "Há tempos", Legião Urbana
46. "Tiny Dancer", Elton John
47. "I'll Be Your Mirror", Velvet Underground & Nico

Realmente, o dia seguinte foi barra. As horas se arrastavam e um constante frio na barriga permanecia. Durante as aulas, no meio das explicações, quando lembrava que em pouco tempo estaria com a Marcela, meu espírito congelava. No almoço, dois professores me convidaram para comer no novo "quilão" que abriu nas redondezas. Na boa, acho um saco restaurante a quilo.

É muito deprimente aquele ritual de pegar fila, ter que se servir rápido no bufê, com saladas, molhos, massas, passar no churrasqueiro, escolher algumas carnes, pesar na balança e lutar por alguma mesa. Comer rápido, pagar e sair. Se em condições normais de temperatura e pressão isso já me deixa para baixo, imagina naquele dia. Comi pouco, calado e com um permanente nó na garganta. Aquela pressão lá do primeiro capítulo voltou com tudo.

Voltei para a escola, tinha alguns simulados para corrigir e algumas tarefas administrativas, como lançar presença e reservar um dos velhos datashows para as próximas aulas. O sol estava forte lá fora, meus olhos doíam por dentro. As horas se arrastavam. Atendi com certo esforço um aluno, muito "caxias" e disciplinado, um tipo desenhado para ser funcionário público.

Formado em informática, ia fazer uma prova para técnico de algum órgão público e tinha algumas dúvidas sobre o Estado Novo, Getúlio Vargas, Segunda Guerra, essas coisas. Tirei suas dúvidas numa boa, querendo realmente ajudá-lo. Algumas vezes divagava e ficava olhando aquele cara, magro, de óculos imaculados, cabelo bem aparado, pele, cabelos e roupas limpas. Um primor de organização. Genuinamente interessado no conteúdo, sem outras preocupações. Imaginei como a vida dele deveria ser metódica, boa, sem surpresas.

"Disciplina é liberdade", lembrei de novo Renato Russo, do Legião Urbana, cantando isso. Assim como eu, aposto que Renato também desejava ser como aquele aluno à minha frente. Simples e saudável, sem complexidades gratuitas. Minha vida era uma bagunça, por minha causa, por minha sempre presente ambiguidade. Quem me dera ser autêntico, como meu aluno, ter aspirações concretas, realizá-las e ser feliz por isso. Me despedi dele, aparentemente satisfeito com a consulta, com um profético e abençoador: "Boa sorte no concurso. Tenho certeza de que você será feliz nele e por toda sua vida." Meio sem jeito, ele agradeceu e foi embora.

Esperei o tempo passar pensando em nada. Na verdade, pensando em tudo, uma hora em cada assunto, o que é a mesma coisa que pensar em nada. Deixei os minutos escorrerem lentos, até chegar mais ou menos a hora de ir embora. Peguei o carro, fui pra casa tomar um banho. Estava calor, faltava ainda muito tempo para encontrar Marcela. Nem lembrei de reservar o velho datashow.

Cheguei em casa, tomei o tal banho, devagar, tentando não me apressar. Enquanto me vestia, coloquei "Tiny Dancer", de um álbum duplo, uma coletânea espetacular do Elton John. Era uma das músicas dela. Eu sempre me lembrava da Kate Hudson dançando sozinha em uma cena do filme *Quase famosos*, que gostávamos muito de assistir juntos. Esta cena, obviamente, me remetia à Marcela, minha pequena e delicada dançarina, guerreira e perfeita, que eu tive a capacidade de magoar e, covarde, estragar tudo que ela construiu para nós — que era bom e verdadeiro.

Respirei fundo, fiquei triste. Faltava ainda algum tempo para nos encontrarmos, mas como fazia calor e eu estava sufocado, me vesti rápido e fui logo para o Café da Tia Ica. Foda-se. Era melhor esperar por lá, sem fazer nada, do que ficar dentro do meu apartamento, como um leão na jaula. Sentei a uma mesa de canto, ao lado da janela. Dei sorte, consegui um bom lugar, pois a padaria ainda não estava tão cheia. Precisava de vista e espaço. Pedi uma água com gás e fiquei olhando o relógio. Novamente, pensando em um monte de coisas. Na verdade, não pensando em nada. O tempo se arrastou, o sol terminou de se pôr e ficou escuro lá fora.

Finalmente, Marcela chegou. Quero poupar você de lugares-comuns. Dizer que ela chegou linda, brilhante, meio esbaforida, mas bastante segura, e sorriu quando me viu, seria coisa de romance barato. Mas foi isso que aconteceu, e como já escrevi estas linhas, fica aí o registro. Desde o dia em que saí de sua casa, nunca mais a tinha visto. Não sabia mais se foram dias, semanas ou meses. Tinha perdido a referência — dela e do tempo.

De certa forma, esse afastamento total foi saudável, pois eu não tinha ideia de qual seria minha reação ao vê-la. A distância física me poupou de muita angústia. Mas agora, ao vê-la ali, na minha frente, senti um verdadeiro refrigério na alma. Parecia que meu campo de visão tinha se tornado completo novamente. As cores ficaram mais vivas e o sorriso dela me fazia sorrir (cacete... juro que tento escapar de clichês, mas foi isso que aconteceu).

Dei um breve abraço nela. Sentamos frente a frente, meio sem graça. Ela logo pegou o cardápio, com o mesmo jeito de sempre, e ficou olhando o que queria. Fiquei observando, ela estava igualzinha. Nem parecia que tínhamos nos separado, parece que tínhamos nos visto ontem. O mesmo ar tão familiar, tão próxima. Apesar de meio sem jeito, estava no ar a mesma intimidade, até mesmo nas escolhas. Ela pediu aquele panini tostado de peito de peru, tomate e queijo, com um chá gelado. Pra evitar a fadiga, nem precisei consultar o cardápio, pedi a mesma coisa. Estava totalmente sem fome.

"Oi", disse finalmente com um tom familiar. "Oi", respondi tentando parecer natural. Mas logo notei o olhar dela, verde e já entristecido. Ficamos em silêncio por uns segundos, até eu perguntar: "E aí?" Ela balançou os ombros e, já séria, respondeu: "Indo, né? Estou indo. Lá no trabalho está tudo bem. Não tenho tido a mesma eficiência de antes, mas o pessoal do departamento tem segurado a onda para mim. Aliás, tenho descoberto bons amigos nesta fase, sabia? Se tem uma coisa boa nisso tudo que aconteceu é que eu me abri mais para o mundo."

"Eu sei. Eu meio que acompanhei. Você estava indo para a frente, muito mais do que eu... E o tal Moraes?" "Eu sei que você acompanhou. Ou você acha que o Inspetor Clouseau seria um bom *fake*?" — nesse instante ela chegou a rir, então agradeci ao Peter Sellers por este fugaz momento de descontração. "Então, o Moraes é um cara ótimo, foi muito bom ter passado um tempo com ele. Consegui dispersar um pouco, parar de me sentir triste e ofendida, pelo menos por um tempo. Mas não deu certo. Ele é perfeito em tudo, mas não bate comigo. Quem dera que tivesse dado certo, mas somos bem diferentes.

"Ele me apoiou, gostou de mim, eu gostei dele. Foi importante. Mas a gente mesmo chegou à conclusão de que as nossas ideias são muito diferentes. Ele gosta de outras coisas, tem um universo muito próprio. Além de viajar muito, é a profissão dele. E tem gostos completamente diferentes. Não é chegado em literatura, por exemplo.

Tem um gosto musical eclético. E isso é ruim. É aquilo que você sempre falava, quem é eclético não gosta de nenhum tipo de música de verdade.

"Tem ótimos amigos, todos muito legais, competentes. São amigos desde a faculdade. Mas são iguais a ele. Gostam das mesmas coisas, se encontram, viajam direto juntos, fazem churrascos quase todos os meses. No começo, foi ótimo. São animados, leves, sem preocupações. Mas depois fui ficando sozinha, não deu liga. É uma pena. Ele é perfeito em tudo, inclusive em caráter. Mas tem um defeito, ele não é você."

Não pense que eu fiquei feliz em ouvir isso. Não. Não soou legal. Soou como um atestado de desolação, como alguém que percebeu que vive sob uma maldição. "É, Marlo. Você foi um idiota. Eu nunca cobrei nada de você. Você sempre foi longe de ser perfeito. Se comparar, numa visão geral, você com o Moraes, não tem nem graça. Você toma uma lavada em todos os aspectos. Em comparação a ele, você é feio e fraco, em tudo. Ele é bonito e competente. Você se formou numa área ruim, numa faculdade fraca, mal tem uma carreira, é desleixado, tem péssimos amigos. Você é apático. Ele era seu oposto. Forte, jovem, saudável, realmente bonito, muito bem-disposto e com uma turma unida, de bons companheiros. Poxa, ele se formou na aeronáutica e tem uma carreira brilhante.

"Mas, mesmo assim, eu não ligo para isso. Nunca liguei, Marlo, você sabe disso. Nunca liguei para o que você fez ou deixou de fazer. Só queria ser sua, dar a você uma vida feliz. E que você fosse meu e quisesse a mesma coisa. Você não entende, Marlo. Acho que você não é capaz de entender isso.

"Você fica aí, com o seu pequeno mundinho, seguro em suas teorias ambíguas, que eu não consigo entender, mas, que saco, sinto o resultado na pele. Você não sabe, seu maldito, como eu fiquei mal. Mal não só de tristeza, fisicamente mesmo. Até fui ao médico. Quando estava no fundo do poço, o Moraes me ajudou muito. Por isso ficamos juntos, foi ótimo, na verdade, salvou a lavoura.

"Mas ele não é você, Marlo. É uma droga, mas eu ainda te amo. Não quero te amar, mas nossa vida juntos foi boa. Gostei de entrar no seu universo, sinto saudades. Evito ouvir Beatles para não pensar em você. Mas sinto falta dos Beatles, porque sinto falta de você. Não sei como você pôde ter sido tão idiota, Marlo, botar tudo a perder. Você tinha tudo comigo, o que quisesse. Eu sei que sou bonita, que sou competente, que vou conseguir tudo o que quero na vida. Por que você não deu valor a mim? Por que você não entendeu, não nos preservou?

"Marlo, quando começo a pensar nisso, fico possessa, juro. Quero que você morra. Mas penso de novo e não consigo enxergar uma vida sem você. Aí quero que você viva ao meu lado. Não sei se meu orgulho deixa, mas sinto a sua falta. Quis construir uma vida perfeita, Marlo. Eu sou zelosa e queria que você fosse o mesmo.

"Sim, apesar de você não enxergar o óbvio, uma mulher deseja um homem ao seu lado que seja fiel e zeloso. Pensei que estávamos construindo uma vida limpa, sem mácula. Era isso que estava idealizando. Por mim, estava resolvido. Eu era sua, só sua, para sempre. O desafio era construir uma vida de lealdade. Nada precisava ser perfeito, você poderia perder seu emprego, ficar doente ou cometer um grande erro, que eu estaria ao seu lado. Só não poderia errar comigo, Marlo.

"E esta equação não fecha na minha cabeça. Isso me deprime. Queria reatar contigo, viver contigo. Mas você sujou tudo. Sujou o nosso relacionamento. Nos colocou em uma situação sem solução. Agora eu não sei o que fazer. Se por um lado preciso de você para ser feliz, você manchou nossa história. Não era pedir demais você cuidar de uma mulher que tanto te ama. Cuidar direito, como homem. Mas você não foi homem. Você diminui você e me diminui também como mulher. Isso dói muito e, sinceramente, não sei o que fazer. Por isso pedi que viesse aqui."

Nesse momento ela estava controlando as palavras para não desabar. Até então, tinha sido fluente como nunca, suas ideias saíram translúcidas, em ritmo perfeito. Entendi tudo, cada palavra dita. Mas agora ela baixava a cabeça e eu segurei sua mão. Pela primeira vez toquei em suas mãos, depois de tudo que aconteceu. Ela finalmente se soltou e chorou. Eu também baixei a cabeça, puxei a mão dela, dei um beijo. Ela puxou a mão de volta e tampou o rosto, para abafar um pouco o choro. Fiquei em silêncio, deixei que ela se recompusesse mais um pouco e, sem saber direito como responder aquele desabafo, comecei a falar:

"Olha, Marcela, nem sei o que dizer. Eu também não estou sabendo lidar com toda essa situação. Nada do que eu falar ou tentar mostrar vai reparar o que eu fiz contra você. De cara, Marcela, eu digo que errei, errei contra você, e gostaria de pedir perdão. Mas não sei se tenho, ou terei, a chance de pedir perdão para você. Na verdade, me sinto como um condenado, é sério. Não é brincadeira."

Ela estava ouvindo, mas olhava para a janela, com a mão tampando a boca, segurando para não chorar. Dava para sentir, do outro lado da mesa, a raiva e a tristeza. Era como se eu pudesse tocar esses sentimentos. Mas fui em frente: "Marcela, eu cometi os maiores erros da minha vida com você. Não vou dizer que, se eu voltasse atrás, não os cometeria. Não existe esta possibilidade, diante de tudo que aconteceu. Mas o que eu posso dizer é que eu não tinha nem um pouco da lucidez que eu tenho hoje. Infelizmente, ou felizmente, não sei, hoje eu vejo como era um zumbi, ao me dispor a imaginar, conceber, maturar, desenvolver e cometer um pecado, trair você. Não tenho como justificar o injustificável. Só reafirmo que falhei, por falha de caráter e maldade, pura e simples.

"O que estamos vivendo é como um espelho que mostra como eu sou fraco e doente. Não vou ficar aqui fazendo drama, mas, depois disso tudo, eu acordei. O problema é que acordei quando era tarde, quando a doença já tinha se espalhado. E hoje só sinto o desejo de um dia ser saudável, coisa que nunca fui, Marcela. Esse é o fato. Eu nunca fui saudável. Por mais que você tenha sido uma cura momentânea, uma esperança de cura de verdade, eu nunca deixei de estar doente."

Leitor. Neste momento eu fui fundo. Não vou repetir aqui o que eu disse, mas finalmente tive coragem e contei tudo para Marcela. Tudo mesmo. Os impulsos desde a infância, a história marcante da Joseane, meu estilo de vida na universidade, as experiências de drogas e sexo, os desejos até então inconfessáveis, no detalhe. Até mesmo a recente vontade de me entregar à pornografia e como esses planos foram abandonados na conversa com a Luana.

Nesse momento, cada vez que eu falava, Marcela ficava séria, fazia as perguntas necessárias ("Mas você não tinha medo de pegar aids?"), às vezes chorava ou balançava a cabeça negativamente. Outras vezes, parecia compreender com clareza tudo o que eu falava. "Por que você nunca me contou isso tudo? Eu não conhecia você de verdade,

Marlo. Por que você guardou tudo até agora? Precisávamos passar por tudo isto?"

"Não sei, Marcela. Talvez. Não sei, se eu falasse antes para você, se teríamos chegado até aqui, sinceramente. Essas histórias são confusas até para mim. Não sei se gosto ou desgosto delas. Mas fazem parte de mim, não tem jeito. Mas eu tentei deixar o passado para trás, depois que conheci você, Marcela. Até então, eu nunca soube, nem de longe, o que era sentir amor por alguém. Para mim, sempre foi muito claro: te amo e este é o ponto mais forte da minha natureza. Esse fato está acima de todos os demais. Ele que é central na minha vida.

"Claro que, por ser o centro da minha vida, virou minha derrocada, não é? Coloquei tudo a perder, por causa da minha incompetência de tratar o passado, colocar as cartas na mesa. Não sei bem por que, mas, no fundo, eu sabia que não seria forte o suficiente para manter intacto o nosso amor. Uma hora eu ia colocar tudo a perder.

"E foi isso que aconteceu. Eu te amo, mas fui incapaz de cuidar decentemente de você. E agora, sinceramente, não sei o que fazer da minha vida. É igualzinho a "If Not for You", do Dylan, que o George também gravou, sabe? Se não fosse por você, Marcela, eu não poderia encontrar a porta, não poderia sequer ver o chão. Eu sou triste e desolado. Sem você o meu céu e a chuva caem juntos, eu vivo em um inverno sem primavera. Olha, Marcela, não são apenas palavras. Eu estou vivendo isso, é sério. Estou experimentando o que é sobreviver sem seu amor. E posso dizer, com certeza: isto não é vida.

"Por isso não vou deixar esta nossa conversa passar em branco. Não vou fazer que nem o Eduardo Marciano, aquele personagem do *Encontro marcado*, do Sabino, que deixou de explicar a crise que vivia para sua esposa e daí eles se separaram, definitivamente. Não, Marcela. Também não vou ser daqueles maridos distantes, que se afogam em desejos paralelos, longe de suas esposas e filhos. Quero resolver, Marcela, encarar de frente, com você, e, de fato, ter a certeza de que esta crise vai passar, meu amor." Nesse momento, notei que falei "meu amor" e ela ficou impassível, sem um sorriso irônico ou reação negativa. Isso era um bom sinal, me animou para continuar.

"Então eu não vou deixar de dizer o que eu quero, tudo que sinto. Então, por favor, me entenda bem. Eu cresci muito depois disso tudo. Se você permitir, isso vai passar. Essas bobagens que eu fiz, junto com toda minha patética insegurança, podem ficar para trás, se você compreender que eu percorri as ruas que eu precisava, para virar homem de vez. E isso não é um palpite, é uma certeza, certeza de vida. Tem uma hora em que um homem nota que pisou na linha e aquilo não tem mais cabimento.

"A minha hora chegou e, infelizmente, foi um trauma, para você e para mim. Mas eu sei que deixei para trás todas as coisas e que o tempo de agir como menino passou, definitivamente. Hoje é tempo de pensar e agir como homem. E um homem que deseja você, Marcela, deseja de verdade, tanto e tanto. Minha querida, te quero e desejo muito.

"Você é muito boa para mim, sempre foi. E eu quero ser seu espelho, refletir o que você é, que nem aquela canção do Velvet e da Nico, de que a gente gosta tanto. Quero dar a você um amor à sua altura. Quero cuidar de nós como um homem deve cuidar do amor de sua mulher, sem deixar vazar nada, nenhum grão de deslealdade. Seu amor é a maior coisa que eu jamais teria na minha vida. E por ele, Marcela, chegamos até aqui. Bem ou mal, você me conhece e sabe como eu sou.

"O amor que sinto por você, único e suficiente para transformar uma vida toda, me tornou um homem melhor, embora ainda muito vacilante. Ao perceber, finalmente, o que minha fraqueza nos fez, o drama todo que eu criei, só me resta a culpa e a dor. Então eu peço perdão, Marcela, pois do contrário não consigo continuar. Não quero jogar tudo fora, mas quero consertar tudo. Sei que vai ser muito difícil, mas te peço, de uma vez por todas e pela primeira vez, como homem, homem adulto: me perdoa. Deixa eu cuidar de você, deixa eu te amar. Eu vou separar e guardar tudo para nós."

Nesse momento eu parei de falar e encarei Marcela, que me olhou de volta, pela primeira vez desde que tinha começado a falar. Meu coração estava disparado. Naquele momento eu senti, de verdade, como a amava. Notei que, naquele instante, falei algo não para convencer alguém, não como uma teoria ou exposição da minha suposta inteligência. Falei tudo aquilo para dizer o que *realmente* sentia. Tinha perdido todo o verniz de descompromisso e insegurança que sempre carreguei comigo. Ali, estava dizendo de verdade, estava inteiro, pela primeira vez na vida. E, como consequência dessa inteireza de meu espírito, falava pela primeira vez como um homem adulto.

"Que lindo isso, Marlo." Foi apenas isso que ela respondeu, com olhar baixo. Ficamos quietos. Já não havia mais choro na mesa, nem alegria, nem resignação. Estávamos ali, minha pequena dançarina e eu. Só havia culpa, imensa culpa, do meu lado.

Olhar ela ali, séria, cansada, com um ar de dor, só reforçava a certeza de que eu havia cometido a maior crueldade possível com a pessoa que mais amava. Com a mulher que tinha me mostrado o que é o amor, me feito sentir vivo e que me fez crescer, com excelência em tudo que fazia. E que eu tinha retribuído com desmazelo e mediocridade.

Mas como eu a amava. Só queria poder ser seu melhor amigo, de verdade, o seu amor, o seu homem, cada dia da minha vida. Naquela mesa, enfim, havia culpa, culpa máxima do meu lado. Do lado dela, eu ansiava, com toda minha vida, pelo perdão.

TODAS AS COISAS PASSAM

—

—

"Daylight is good
At arriving at the rigl
It's not always going

"ALL THINGS MUST PASS" | GEORGE H.
COMPOSITOR: GEORGE HARRISON

me
be this grey"
N | ALL THINGS MUST PASS (1970)

MÚSICAS PARA O CAPÍTULO

48. "All Things Must Pass", George Harrison
49. "Turn! Turn! Turn!", Byrds
50. "De uma só vez", Rodox
51. "Yesterday", Beatles

O momento da nossa despedida, dentro das circunstâncias, foi tranquilo. Dividimos a conta e saímos da Tia Ica. A noite estava calma lá fora, um pouco quente, mas não abafada. Sem falar nada, cheguei perto da Marcela, ela não se afastou. Abracei-a com firmeza, mais firme do que nunca. Queria colocá-la de vez dentro de mim. Ela me abraçou de volta e eu a beijei. Foi o melhor e mais sincero beijo da minha vida. Não sei quanto tempo ficamos nos beijando, mas tenho certeza de que eu a beijei de verdade. Tenho certeza de que ela se sentiu beijada. Na hora, inclusive, lembrei daquele filme *The Wonders*, em que o protagonista pergunta para a mocinha, interpretada pela Liv Tyler: "Qual a última vez que você foi beijada de verdade?"

Fiquei muito feliz, pois notei que fazia tempo que a Marcela não era beijada de verdade. E eu, que estava morto até duas horas atrás, experimentei no calor daquele beijo a volta da pulsação, das cores, do som, da vida. Só que, diferente de antes, desta vez me senti lúcido em cada gesto, em cada gosto dos lábios de Marcela, em cada momento único de ternura e concentração. Não era euforia, era um beijo de resgate.

Bem diferente de antes, daquele nosso primeiro beijo lá no passado, sem a certeza de futuro, quando tudo que eu queria era impressioná-la. Naquele tempo, queria conquistá-la a todo custo, ansioso pela paixão arrebatadora que senti ao vê-la naquela festa remota, quando tocava

"Don't Stop Me Now". Confesso que só queria conquistá-la, movido por uma paixão cega, pelo senso de oportunidade de ter uma mulher daquele naipe. No fim das contas, por puro orgulho e vaidade.

Mas agora não, você é minha testemunha. Agora eu queria amá-la. Aquele era um beijo de amor, de carinho, de verdade, sem querer nada em troca, a não ser me tornar seu verdadeiro amor, seu melhor amigo. "Marcela, eu realmente te amo. Você me faz viver. Sem você eu não consigo, não quero. Eu realmente te amo, amo as coisas que você faz, amo tudo em você. Você é minha melhor amiga. Eu quero ser seu melhor amigo, seu parceiro leal. Me perdoa e me dá essa chance. Eu te amo mesmo."

É claro que, por mim, esta seria a deixa para momentos de redenção. Na minha cabeça, ela diria que me compreendia e que eu merecia seu amor e perdão. Que ela iria lutar por nós, por toda a vida. E que seríamos felizes para sempre. Mas isso seria cinema, não acha? Então, por alguns instantes, ela ficou me olhando, olhar triste que, infelizmente, eu conhecia bem.

Deu um sorriso de condolências, abaixou os olhos, passou a mão no meu rosto e se afastou um pouco. "Você me machucou, Marlo. Você não sabe o que você tirou e o que tudo isso significa para mim." Ficamos quietos, beijei-a de novo. Desta vez, Marcela estava mais relutante. Queria ir para casa, deitar e pensar um pouco mais na vida.

Ao nos despedirmos, combinamos de nos falar de novo, e ela só respondeu: "Pode ser, Marlo. Seja como for, vai ser difícil."

Aquela resposta, longe de ser romântica, foi a fala mais doce e precisa que eu poderia ouvir. Era a esperança de condicional para um condenado perpétuo. Para mim, a resposta foi gigantesca, um grande sim, que iríamos continuar. No meio de todo aquele caos, consegui achar um ponto, um fio de esperança para recomeçar a puxar.

Tinha certeza de que aquilo, por mais débil e hesitante que fosse, era concreto, palpável. A esperança tinha renascido e, com ela, todas as coisas poderiam ser refeitas. Tudo poderia voltar a ter um sentido, um propósito. O Pregador tinha razão:

Tudo tem seu tempo determinado,
e há tempo para todo propósito debaixo do céu:
há tempo de nascer e tempo de morrer;
tempo de plantar e tempo de colher;
tempo de matar e tempo de curar;
tempo de derrubar e tempo de edificar;
tempo de chorar e tempo de rir;
tempo de prantear e tempo de pular de alegria;
tempo de espalhar pedras e tempo de ajuntar pedras;
tempo de abraçar e tempo de evitar abraçar;
tempo de buscar e tempo de perder;

tempo de guardar e tempo de jogar fora;
tempo de rasgar e tempo de costurar;
tempo de ficar calado e tempo de falar;
tempo de amar e tempo de aborrecer;
tempo de guerra e tempo de paz.

Fui para casa deslizando em cada avenida, passando rápido pelos faróis verdes, tendo a preferência em cada esquina, estável em cada curva. Rápido e seguro. Cheguei, deitei na minha cama, parecia uma nuvem. Liguei o som na hora, em "Turn! Turn! Turn!", dos Byrds. Inclusive, é a canção de rock and roll com a letra mais antiga de todos os tempos, extraída do capítulo 3 do livro do Eclesiastes, do Antigo Testamento da Bíblia Sagrada.

Embalado pelo lindo som, concluí que chegou o tempo de edificar. Dormi profundamente, como havia muito não dormia. Não pensei em sexo, não tive mais ideias suicidas inócuas, nem pensei em desistir de tudo. Ainda por cima tive certeza de que larguei o cigarro, de uma vez por todas.

Acordei e tudo estava mais claro e firme. O céu limpo, o dia perfeito. Tomei café da manhã com Frederico, que notou minha felicidade. Contei para ele da provável volta com a Marcela, senti que ele ficou duplamente feliz. Feliz por mim, que tinha uma nova chance. Feliz por ele, que, a propósito, estava preparando uma viagem para a Califórnia, para passar uma temporada no exterior, estudar um pouco, treinar o inglês, antes de concluir a famigerada faculdade. Desta vez, eu também fiquei duplamente feliz.

Peguei o carro, fui para a escola e dei uma boa aula, com concentração, agora um pouco mais relaxado e leve. Acontece que, ao longo do dia, a euforia foi dando lugar à culpa e à responsabilidade. E eu sabia que aquilo era bom. Sabia que tinha, se é que tinha de fato, conseguido apenas uma nova chance, uma repescagem, por conta da generosidade da Marcela.

Tinha ali muita culpa para lidar e, ao mesmo tempo, uma responsabilidade de conseguir reconstruir tudo de novo. De novo, lembrei de uma passagem bíblica, agora do apóstolo Paulo de Tarso, com sua lógica de agir como homem, já que agora tinha virado homem. Não mais como menino. Conhecia bem o resultado devastador de agir como um menino, na vida adulta. Machuquei e fiz um imenso mal à mulher que eu amava. Afinal, era um menino, ao lado de uma mulher. Foi desastroso.

Agora era homem e estava lúcido como nunca antes na vida. Por mais óbvio que possa parecer, sabia agora o que fazer. Sei que demorou, mas ansiava que Marcela pudesse perceber que ela tinha, afinal, um homem para cuidar dela. Acredite, eu sabia o que tinha a fazer, daqui para a frente. Tinha a consciência de quem tinha sido até aqui, da minha vaidade, da minha mediocridade em todos os aspectos, de pertencer a uma geração superficial, aficionada por prazeres fáceis, com acesso fácil ao prazer sexual, à pornografia pura e simples.

Aquela coisa toda tinha sido central na minha vida e eu estava cansado disso. Aquilo, até hoje, só tinha me trazido mentira e dor. Não que o sexo fosse algo ruim em si, muito pelo contrário, afinal não fiquei bobo e continuo apreciando muito a prática. Mas esta compulsão por sexo, central na vida de uma pessoa, não é certa, é destrutiva. Pode acabar com relacionamentos, famílias, carreiras e vidas inteiras. E até agora só tinha me tornado um medroso e um mentiroso.

Mentiroso porque jamais poderia dizer a ninguém o que eu realmente era, o que direcionava meu desejo. E medroso porque esta área só me deixava inseguro: medo de doenças, medo de ser descoberto, medo de magoar as pessoas. Esse tipo de atitude vai no sentido contrário da verdade. Por consequência, da liberdade.

De novo, voltando à Bíblia, fica clara a mensagem de Jesus Cristo, como sempre radicalmente direta e desconcertante: só a verdade liberta. Aquelas mentiras me deixavam preso a mim mesmo. E, se tenho que mentir, jamais consigo ser um homem livre. Agora tudo veio à tona. Às favas com a pluralidade, o erotismo, a liberação sexual e sentimental de nossa geração.

Vou no contrafluxo da nossa época. Vou focar no amor, fazê-lo crescer de verdade, com compromisso, compromisso com a Marcela. Vou me tornar um homem de caráter fortalecido e separado das rodas fáceis. Não quero desperdiçar mais afeto. Quero ser verdadeiro, sem concessões. Quero ser um homem livre.

Como naquele som hardcore do Rodox, "De uma só vez", depois dessa catarse toda, sei que o velho moleque caiu, um novo homem nasceu. Escolho viver no caminho estreito e, junto com a Marcela, em algum momento do futuro, confirmar o que era puro entre nós. Concordo muito com a canção: "sonhar bem alto é quase um passo para levantar voo." Por que não?

E já que estamos falando no futuro, também entendi claramente o que Paul McCartney canta em "Yesterday". Na minha interpretação, ele pisou na bola e, de repente, se tornou a metade do homem que era anteriormente. Imagino as crises que a Linda e ele passaram juntos. Agora enxergo, também vivi isto. Mas não quero mais acreditar no ontem, pois preciso acreditar no amanhã.

Isso tudo passava na minha cabeça, como marteladas insistentes, ora animadas, ora confusas, ao longo daquele dia quente, que já estava terminando. Tudo o que eu queria era encontrar Marcela, ficar com ela mais um pouco e começar, com o primeiro passo, a trajetória desta estrada de mil léguas. Por isso, saí da escola e fui direto para a casa dela.

No caminho pensei em muitos personagens de que eu gosto, da história e da literatura, nas suas buscas e fracassos. Pensei em Bentinho e Capitu, do Machado de Assis, cuja questão-chave não é a suposta traição, mas sim a dúvida, o ciúme de Bentinho ao flagrar um olhar de sua amada para outro, ainda que defunto. Aquela dúvida que, na ausência do perdão, corrói para sempre, sem cura — e todos acabam perdendo. Pensei também em Abraão, que, com Sara, deu uma volta desnecessária pelo Egito por absoluta falta de fé. Pensei na angústia de Stephen Dedalus, no *Retrato do artista quando jovem*, entre seus desejos e a sufocante culpa pela religião.

Lembrei do encontro marcado do Eduardo Marciano, que desistiu do seu casamento. Da secura da alma de um Robert Jordan, de um Ernest Hemingway, e da sensibilidade árida de Riobaldo. Da capacidade de renovação do rei Davi, da coragem de Josué e da sabedoria de Salomão. Como eles, eu poderia realmente me tornar um homem de verdade e encontrar um sentido sólido para minha vida, fazer minha história valer a pena.

Óbvio que também lembrei do rock and roll que tanto amo. Dos caras que, apesar de suas muitas fraquezas, fizeram as vidas, deles e de outros, valerem a pena, mesmo com os fracassos e tragédias pessoais: Paul, John, George e Ringo; Bob Dylan, Lou Reed, David Bowie, Freddie

Mercury, Jagger e Richards, Renato Russo, Pete Townshend, Nick Cave...

Estava na hora disso. De algo acontecer na minha vida. Na verdade, eu sabia que já estava acontecendo, a hora chegou. Precisava saber se era capaz de produzir algo com toda esta confusão. Não sabia exatamente o que me esperava, mas, agora, sabia que era homem o suficiente para começar a procurar, sem desviar de foco.

Só esperava que Marcela enxergasse tudo isso. Quero falar para ela ficar ao meu lado, pois vou ser um homem completo, mas, para isso, preciso de sua presença. E, se isso acontecer, vou estar todo o tempo ao lado dela, para o que der e vier. Vou mostrar a ela que estou pronto.

Pronto para cuidar de nós, ser menos egoísta. Pronto para ser um homem e marido, propor casamento, financiar um apartamento, deixar de preguiça e finalmente entrar no mestrado, buscar uma escola melhor para dar aulas, não fazer mais concessões, ser perdoado, mudar de página e amá-la de verdade.

Quero buscar junto, construir a minha história ao lado dela. Se isso acontecer, de verdade, para nós será maior, mais lindo, sofisticado e profundo que qualquer *Ulisses* ou *Abbey Road* jamais produzidos na humanidade.

Tinha chegado o tempo. Precisava apenas transmitir esta certeza e também de tempo. Tempo para que as feridas cicatrizassem e as coisas velhas ficassem para trás. E

Marcela precisava acreditar que todas as coisas passam, como em "All Things Must Pass", linda canção-título do disco de George Harrison — o primeiro e melhor disco de um ex-Beatle —, na parte que ele canta assim:

Daylight is good
At arriving at the right time
It's not always going to be this grey

Por sorte, naquela hora as coisas passaram tão rapidamente que eu já estava em frente ao prédio dela. Feliz coincidência, uma vaga bem diante da portaria. Fiz uma baliza segura, parei, olhei para o prédio e me senti reconfortado. Fazia muito tempo que não subia aquele lance de escadas para encontrar o porteiro que, ao me ver, sorriu: "Quanto tempo, seu Marlo, tudo bem com o senhor?"

O porteiro se chamava Sócrates — não sei se o nome era uma homenagem ao filósofo ou ao jogador — e gostava muito de conversar comigo, sobretudo nos apressados debates sobre política e futebol. Por isso, ficou feliz em me ver: "Vai lá na Marcela?" Interfonou. "Pode subir."

Agradeci ao Sócrates e caminhei em direção ao mesmo elevador de sempre. Meu coração disparou quando apertei o número do andar da Marcela. Sabia que estava voltando de onde eu nunca deveria ter corrido o risco de sair. Aquele botão representava muita coisa. Eu sabia que aquela rápida viagem poderia ser um recomeço de tudo.

Desta vez, jamais iria deixar escapar esta chance, iria persistir naqueles olhos verdes. Insisto, chegou o tempo. O tempo de agir como homem, lúcido a ponto de invocar a vida e, quem sabe, até mesmo encontrar Deus, de uma vez por todas. Sem perceber, o elevador já tinha chegado. Um toque na campainha e, definitivamente, a porta se abriu.

DISCOGRAFIA
LISTA DOS ÁLBUNS
DAS 51 CANÇÕES

01. "Under Pressure" | Queen | *Hot Space* (1982)

02. "Mississippi" | Bob Dylan | *Love and Theft* (2001)

03. "A Day in Life" | Beatles |
     Sgt. Pepper's Lonely Hearts Club Band (1967)

04. "Don't Stop Me Now" | Queen | *Jazz* (1978)

05. "Changes" | David Bowie | *Hunky Dory* (1971)

06. "Dead Flowers" | Rolling Stones | *Sticky Fingers* (1971)

07. "Rebel In Me" | Jimmy Cliff | *Higher and Higher* (1996)

08. "Rocks Off" | Rolling Stones *Exile on Main St.* (1972)

09. "Like a Rolling Stone" | Bob Dylan | *Highway 61 Revisited* (1965)

10. "Like a Possum" | Lou Reed | *Ecstasy* (2000)

11. "Helter Skelter" | Beatles | *White Album* (1968)

12. "Bullet with Butterfly Wings" | Smashing Pumpkins |
     Mellon Collie and the Infinite Sadness (1995)

13. "Roadhouse Blues" | Doors | *Morrison Hotel* (1970)

14. "Little Green Bag" | George Baker Selection em
    Tarantino Connection (vários, 1997)

15. "No No Song" | Ringo Starr | *Goodnight Vienna* (1974)

16. "Visions of Johanna" | Bob Dylan | *Blonde on Blonde* (1966)

17. "Walk on the Wild Side" | Lou Reed | *Transformer* (1972)

18. "Star" | Erasure | *Wild!* (1989)

19. "Satellite of Love" | Lou Reed | *Transformer* (1972)

20. "Mama Told Me (Not to Come)" | Three Dog Night |
    It Ain't Easy (1970)

21. "Dirty Boulevard" | Lou Reed | *New York* (1989)

22. "L.A. Woman" | Doors | *L.A. Woman* (1971)

23. "D'yer Mak'er" | Led Zeppelin | *Houses of the Holy* (1973)

24. "Susie Q" | Creedence Clearwater Revival | *Chronicle* (1994)

25. "Oh! Darling" | Beatles | *Abbey Road* (1969)

26. "Riders on the Storm" | Doors | *L.A. Woman* (1971)

27. "Desolation Row" | Bob Dylan | *Highway 61 Revisited* (1965)

28. "A Via Láctea" | Legião Urbana | *A tempestade* (1996)

29. "Love of My Life" | Queen | *A Night at the Opera* (1975)

30. "Shelter from the Storm" | Bob Dylan | *Blood on the Tracks* (1975)

31. "The Raven" | Lou Reed | *The Raven* (2003)

32. "The Seeker" | Who | *Meaty Beaty Big and Bouncy* (1971)

33. "Pinball Wizard" | Who | *Tommy* (1969)

34. "Tudo outra vez" | Belchior |
    Era uma vez um homem e seu tempo (1979)

35. "It Ain't Me Babe" | Bob Dylan | *Another Side of Bob Dylan* (1964)

36. "A Letter to Elise" | Cure | *Galore* (1997)

37. "The Wind" | Cat Stevens | *Teaser and the Firecat* (1971)

38. "Needles & Pins" | Ramones | *Road to Ruin* (1978)

39. "I Wanna Be Sedated" | Ramones | *Road to Ruin* (1978)

40. "Got My Mind Set on You" | George Harrison | *Cloud 9* (1987)

41. "Oh My Lord" | Nick Cave | *No More Shall We Part* (2001)

42. "Monkey Wrench" | Foo Fighters | *The Colour and the Shape* (1997)

43. "Foi na cruz" | Nick Cave | *The Good Son* (1990)

44. "If Not for You" | George Harrison | *All Things Must Pass* (1970)

45. "Há tempos" | Legião Urbana | *As quatro estações* (1989)

46. "Tiny Dancer" | Elton John | *Greatest Hits 1970-2002* (2002)

47. "I'll Be Your Mirror" | Velvet Underground & Nico |
    Velvet Underground & Nico (1967)

48. "All Things Must Pass" | George Harrison |
    All Things Must Pass (1970)

49. "Turn! Turn! Turn!" | Byrds | *Turn! Turn! Turn!* (1965)

50. "De uma só vez" | Rodox | *Estreito* (2002)

51. "Yesterday" | Beatles | *Help!* (1965)

Este livro foi composto na tipologia Times New Roman, em corpo
12/18, e impresso em papel offwhite 90g/m² na Markgraph.